DIARIO

In tempo di covid
(Caterina Usai)

Dedico queste pagine a tutte le donne vittime di violenza, in ogni sua forma. A chi ha avuto il coraggio di dare voce alle sue sofferenze e a chi ha sofferto e soffre in silenzio e non per questo meno coraggiosa. A chi ha pagato con la vita l'aver voluto guardare avanti con fiducia e a chi ha pagato in solitudine. Grazie per tutti quei passi grandi o piccoli verso una libertà, una dignità, un rispetto e un diritto che tutti speriamo non siano troppo lontani per ogni Donna.

D come Donna = Domina

Le donne possiedono
tre cose importanti
dentro di loro:
coraggio, intelligenza e forza!

Prologo

La giovane chiuse la porta del bagno e tremante, ci si appoggiò sopra con le spalle. Aspettò che il suo respiro tornasse normale dopo lo sforzo di arrivare fin lì. Un dolore sordo la attanagliava in ogni punto del suo corpo, inviandole a intermittenza, crampi di fuoco. Lentamente, stringendo i denti per le ondate di sofferenza causate da ogni più piccolo movimento e tali da farla svenire, avanzò piano verso lo specchio e si appoggiò al piano di marmo rosa del lavabo, osservando il risultato della guerra appena conclusa.

Osservandosi si portò il pugno chiuso alla bocca per soffocare un grido: era un mostro!

La furia, la rabbia, e la perfidia scatenate su di lei stavolta erano state più determinate e violente del solito; era irriconoscibile.

Un occhio si stava già socchiudendo per l'edema e stava diventando livido come un bel trucco adatto per carnevale, su un sopracciglio una ferita aperta e sanguinante sembrava un sorriso agghiacciante e fuori posto. Il labbro, spaccato da un lato, sanguinava ed era talmente gonfio da non aver niente da invidiare a quelli di alcune attrici che si erano affidate a chirurghi plastici pochi etici o poco esperti. Le venne quasi da ridere al pensiero e il labbro ferito di riflesso sanguinò di più, alcune gocce di sangue caddero sul tappeto, come rosse lacrime che urlavano il loro dolore, quasi a testimoniare la sua sconfitta.

"Solo fisica e temporanea", pensò con rabbia la giovane, stringendo i denti, pensando a quali passi compiere dopo quell'ultimo tragico epilogo conseguenza di un amore malato.

"Puoi aver vinto anche questa battaglia Angelo, tuttavia, sarò io a vincere la guerra, te ne accorgerai, non mi hai battuto, malgrado tutto."

Piano slacciò i pochi bottoni rimasti nelle asole della camicia di seta del pigiama, macchiata di sangue e strappata; la lasciò cadere sul tappetino per ammirare anche sul suo corpo l'ultima opera del marito con tutti i suoi effetti speciali. Soffocò un altro urlo, non di dolore bensì di orrore, stavolta. Estese chiazze, rosso vivo e alcune più scure, coprivano la sua pelle, in alcuni punti spaccata e tendente al livido, graffi profondi, segni di morsi. Sul suo seno sinistro ce n'era uno simile a un fiore scarlatto e piangente, tuttavia, non era l'unico. Altri vecchi ematomi di diversi colori accompagnavano quelli nuovi. I capelli lunghi e folti, solitamente in ordine, erano scarmigliati e arruffati come quelli di una zingara, vergognandosene, istintivamente, con un gesto della mano la ragazza tentò di aggiustarli, quasi potesse sistemare con quel semplice gesto tutto il suo dramma. Un colpo di tosse la costrinse a soffocare un grido, a piegarsi e a portare le braccia sul torace per tenere a bada le costole doloranti, incrinate se non del tutto fratturate. Anche sullo sterno, come un fiore viola, si allargava un ematoma violaceo. Stavolta il suo caro diavolo aveva dato il meglio di sé più del solito, e sarebbe stato tanto se non ci fossero state emorragie interne. Era peggio che mai e sapeva già come sarebbe terminata quella giornata per lei.

Respirando a fondo scattò alcune foto col cellulare, dei punti più colpiti e istintivamente fece partire anche un video, ma a che cosa sarebbero servito, Doveva inviare tutto? Certo! Doveva! L'invio avrebbe provocato una spirale di violenza ancora maggiore e lei era convinta di non farcela più, tuttavia qualcosa doveva fare, doveva ribellarsi, lottare, andarsene. Non poteva più continuare quella vita che di colpo, dal paradiso pieno di luci e fiori che era stata, si era trasformata nell'inferno più nero.

Dall'armadietto dei farmaci afferrò una confezione di analgesici e ne ingoiò un paio senza neanche usare l'acqua, prima che si bloccasse del tutto a causa del dolore, quindi nascose le altre. Con molta cautela sedette sul coperchio del water in maniera da tenere a bada il dolore e con le lacrime che non riusciva a frenare e che scendevano ininterrotte, cercò di trovare una posizione idonea per iniziare a descrivere l'ultimo atto, sperava, della serie "moglie devota maltrattata da un ex marito meraviglioso."

Aprì il quaderno e, prima di iniziare la sua confessione, il marito dormiva profondamente e non la avrebbe disturbata, andò a rileggere le diverse pagine precedenti, una specie di diario che aveva iniziato a scrivere più di un mese prima quando il suo calvario, a sorpresa, era iniziato, lasciandola incredula e senza parole.

Le donne sanno essere forti,
perché sono esseri forti.
Hai mai visto gli uomini lottare
tanto per i loro diritti?
Per loro è stato semplice fin da subito,
quasi fossero predestinati,
la donna, invece, il suo posto nella
società se l'è sudato, e ancora,
con coraggio e a testa alta, non ha
terminato di lottare!

Vedendo la data sul calendario questa mattina, il mio pensiero è andato subito a un evento che aspettiamo con ansia ogni anno.

Roma, la mia città natale tra un mese festeggerà il suo compleanno. 2773 anni a.U.c. cioè dalla sua fondazione. Roma è meravigliosa, intrisa di storia, arte, cultura, architettura, bellezze di ogni tipo che si respirano a ogni passo in ogni monumento, basilica, colonna, rudere, viuzza e piazza.

Con molta probabilità però, quest'anno non ci sarà nessuna festa per Roma e i romani: un virus, altamente contagioso e letale, di tipo Sars, sta mietendo vittime ogni giorno di più, peggio che una guerra, non solo a Roma bensì in tutta Italia e nel mondo intero. Un invisibile agente patogeno dall'inoffensivo nome di covid19, un coronavirus scoperto alla fine dello scorso anno, capace di uccidere migliaia di persone al giorno, ci ha attaccato, creando una vera e propria pandemia ormai estesa a tutto il globo. Nessuna nazione ne è rimasta esente e sta costringendo tutti i governi mondiali a restrizioni e misure di contenzione inimmaginabili solo pochi mesi fa e mai messe in atto prima, per tutte le popolazioni. Una chiusura a livello mondiale che obbliga la maggior parte di noi a stare chiusi in casa, non sono più ammessi festeggiamenti di nessun tipo, incontri, spostamenti per lavoro, abbracci, celebrazioni di matrimoni e funerali, la maggior parte dei negozi non essenziali chiusi, come i cinema, gli stadi i musei. Il mondo si è fermato cambiando in pochissimo tempo il volto di tutti i paesi nei vari continenti sostituendo città animate e allegre in posti fantasma.

Anche il mio volto oggi è cambiato, ma non a causa del virus; forse per quanto letale lo avrei preferito, la motivazione invece, è del tutto diversa, e se il covid uccide anche la causa del cambiamento del mio viso non lascia indenni e la sofferenza, anche interiore, distrugge come una lama affilata. Erano diversi mesi che Angelo non mi picchiava. La prima volta aveva giurato in lacrime che non sarebbe successo mai più. La sera eravamo di ritorno da una festa, era un po' brillo e aveva alzato le mani su di me, pur senza farmi eccessivamente male. Non era stato il dolore in sé a causarmi sofferenza, bensì il gesto stesso, l'intenzionalità di volermi colpire, come se lui avesse un diritto particolare su di me da potersi permettere di compiere impunemente una tale azione odiosa nei miei confronti, di aver alzato la sua mano per farmi male. Quasi una dimostrazione di possesso, di grande potere, di un suo diritto inalienabile. Perché più forte fisicamente? Più alto e robusto o solo perché maschio? Ancora la reminiscenza ancestrale che anche oggigiorno ogni uomo si porta appresso, nonostante abbia lasciato le caverne da migliaia di anni? L'idea di poter sottomettere e dominare la donna, di avere su di lei un potere del quale in tempi lontani si è appropriato quasi gli fosse stato dato per privilegio da un'intelligenza superiore e che ancora, con un cervello più aperto e culturalmente elevato non riesce a dimenticare né vedere inappropriato o eticamente sbagliato?

Quella sera di diversi mesi fa, Angelo, dopo avermi colpito aveva farfugliato delle scuse, assunto un'espressione contrita, rinnovato il suo grande amore, nonché il suo bisogno di me nella sua vita e poi era crollato addormentato lasciandomi, sorpresa e amareggiata, a chiedermi se avessi sbagliato tutto, se il mio amore per lui non avesse offuscato la mia razionalità, se il suo atteggiamento noncurante nascondesse solo finzione, se dentro di sé nascondesse una vena di violenza quale io non mi ero mai accorta e che lui non avesse mai palesato...

A fatica ero riuscita a prendere sonno, sentendolo dormire tranquillo vicino a me, sopraffatta da pensieri amari e insistenti che cercavano di mettermi in guardia, la mano che tornava di continuo e incredula alla guancia schiaffeggiata come se ancora ribollisse di quel dolore ormai svanito, e oppressa da uno strano senso di vergogna che continuavo a ripetermi non avesse senso di esistere. Non ero io che a dovermi vergognare, io non avevo fatto nulla di male. No, non era il dolore a farmi stare sveglia, bensì il gesto che non riuscivo a dimenticare, comprendere né accettare e che mi poneva davanti a decine d'interrogativi ai quali avevo quasi paura a dare delle risposte.

Vissuta con due genitori tra i quali il rispetto e la fiducia erano anche più importanti dell'amore, mai avevo visto tra loro un gesto o una parola che non fossero più che appropriati, motivo per cui faticavo ad accettare lo schiaffo di mio marito, anzi, non lo accettavo assolutamente, anche se dato in un momento non del tutto consapevole dei suoi gesti e i suoi pensieri obnubilati dall'alcool. Non si dice che le cattiverie nascoste escono proprio quando l'alcool dà libertà e spazio ai sentimenti e le emozioni latenti? Cosa avrei dovuto aspettarmi dunque da quell'episodio? L'indomani Angelo era premuroso e amorevole come al solito nei miei confronti, e io avevo cercato di soffocare il dubbio e le domande nell'angolino più profondo di me. Avevo cercato di allontanare con forza dalla mia mente la frase sentita spesso da mia madre:

"Non fidarti mai, tesoro mio, di un uomo che pensa sia normale alzare le mani su una donna, che la veda come un suo possesso; ricordati che un uomo che picchia una volta picchia per sempre, non aspettare mai che arrivi la seconda volta. La casualità in certe situazioni non esiste, c'è sempre uno stimolo che parte dal suo intimo, da una sua convinzione errata che, se esiste, alla fine verrà sicuramente fuori."

Era un consiglio che mi aveva dato ben prima di conoscere Angelo, ma come si fa a non dare una seconda occasione a chi sbaglia? Mi ero detta più volte, perché giudicare e condannare qualcuno al primo errore, che potrebbe non ripetersi più? Sarebbe stato ingiusto, chi non sbaglia e non ha bisogno di essere perdonato prima o poi? tutti meritiamo il beneficio del dubbio e di redimerci. Una seconda occasione poteva essere l'inizio di un futuro migliore e più consapevole.

E, infatti, non era più accaduto. Angelo, eliminato i fumi dell'alcool, non lo ricordava neanche più e così anch'io avevo cercato di dimenticare, evitando anche di parlarne per non umiliarlo. Era stato solo un errore, l'unico, dovuto a un momento di ebrezza ed ero certa che il tempo mi avrebbe dato ragione. Non avevo pensato che quella a essere stata umiliata ero io e non lui, e che forse avrei dovuto approfondire subito e sviscerare eventuali pensieri e convinzioni nascosti che avrebbero potuto minare la nostra serenità futura. Non avevo intuito che se fosse stato sufficiente quel momento, quel bicchiere di troppo per modificare il suo comportamento leale, forse, avrebbero potuto esserci anche altri momenti, altre situazioni, altri impulsi, oltre un bicchiere di vino in più, che potessero portalo alla violenza. Tuttavia, da quella sera non si erano più verificati altri 'momenti' e questo mi aveva convinto che avevo fatto bene a tacere, a fingere che nulla fosse successo... il nostro rapporto era andato avanti sereno, siamo stati più uniti che mai e felici di dividere i nostri momenti, invidiati... sono passati mesi da allora e... ora?

17

Ai primi sintomi bisogna andarsene,
abbandonare il campo.
Tanto non va meglio,
va peggio e peggio.
Invece la gente non lo sa.
La gente spera e continua
a star male.
Ma nessuno sa quanto,
solo chi l'ha
vissuto sa quanto si sta male.
(Margaret Mazzantini)

Ora di nuovo mi ha schiaffeggiato e brutalmente, non è stato casuale né aiutato da un bicchiere di troppo. Che cosa ha scatenato la sua furia stavolta? Perché oggi, a prescindere dall'unico colpo che mi ha inferto, l'ha fatto scientemente, con cattiveria, per umiliarmi, era più che sobrio e mi ha schiaffeggiato con l'intenzione di colpirmi e farmi male È l'atto non gli è sfuggito nella foga della discussione o perché troppo arrabbiato. Non è stato causale. No! Ha urlato per un nonnulla, i suoi occhi hanno cambiato espressione e sono diventati come di fuoco, poi ha alzato il braccio volutamente e mi ha mollato un ceffone con il palmo e poi con il dorso, con una tale forza da farmi barcollare e cadere, sbattere i denti così forte da provocarmi un dolore fino al cervello e facendomi finire intontita sul pavimento senza capirne il motivo. Allibita, ho subito portato la mano alla bocca per accertarmi che i denti ci fossero ancora tutti, quasi fosse la cosa più importante in quel momento. Mentre lo guardavo spaventata arretrando e strisciando, si è avvicinato, cambiando repentinamente espressione, con aria colpevole. Io mi sono ritratta ancora, con la mano sulla guancia, l'aria sconvolta e incredula e le guance in fiamme. Lui scuotendo la testa, incredulo quanto me, si è avvicinato allungando le braccia davanti a sé con i palmi rivolti in alto, come un penitente, poi mi ha abbracciato delicatamente, baciandomi in testa sussurrando, mentre io, troppo sconvolta per reagire, l'ho lasciato fare.

"Scusa, scusa Chiara, Oddio che cosa ho fatto? Perdonami cara, non volevo, non so che cosa mi sia preso, io non sono così lo sai, io ti amo e sei la cosa più importante per me, non succederà più te lo prometto. È che questa situazione… il dover restare chiusi in casa mi sta facendo diventare matto! Non è normale non avere il controllo della propria vita, mi manda in bestia, m'innervosisce! Non è facile per me stare qua dentro notte e giorno, lo sai quanto io sia uno spirito libero, quanto ami l'aria aperta, il mare, la montagna, andare nei parchi, forse… forse per te è diverso, ci sei abituata, hai un altro carattere. Io invece… davvero mi sembra di diventare pazzo ecco, non ce la faccio, divento nervoso, mi sento in gabbia; cerca di capirmi, tesoro e di venirmi incontro, abbi pazienza, ti prego, scusami, non capiterà più! Ma chi credono di essere questi nostri politici per imporci certe restrizioni, tenerci chiusi come animali in gabbia senza poter uscire o incontrare nessuno neanche in casa con la scusa di questo virus… scusami ancora, mi farò perdonare vedrai, non succederà mai più, tesoro!"

"Spero sia veramente così Angelo, non posso crederci non è da te, non vorrei che… io… va bene non parliamone più, ma… non è una scusa quella del governo, il virus esiste purtroppo, lo vedi, miete migliaia di morti e non sembra facilmente attaccabile, senti anche tu le notizie ogni giorno, è tutto meno che uno scherzo, peggiora di ora in ora! Loro lo fanno per noi, il contagio è in piena espansione, vedi ciò che succede in tutto il mondo non solo qui? Tutti i governi mondiali hanno adottato misure restrittive, alcuni persino più di noi, e non…"

"Basta - ha urlato di nuovo alzandosi di scatto e allontanandomi un po'- non puoi giustificarli anche tu… non è così, tutti questi politici sono una massa di… ma perché non puoi stare dalla mia parte per una volta?"

Per una volta? Ma se abbiamo sempre condiviso ogni cosa e pensiero e raramente siamo stati in disaccordo? Faccio fatica a ricordare quando è successo anzi! Un altro veloce lampo di violenza è passato di nuovo nel suo sguardo, ho avuto paura che mi colpisse ancora e mi sono allontanata di scatto, allora lui con espressione dispiaciuta ha scosso la testa mormorando: "non posso crederci", si è girato, ha stretto i pugni avvicinandosi alla finestra, per calmarsi, quindi, in silenzio si è rimesso davanti al computer a lavorare, ignorandomi.

La situazione in tutta Italia, e non solo, è davvero difficile non lo metto in dubbio, la chiusura imposta dal governo per impedire la diffusione del virus è piuttosto pesante sotto molti aspetti, comunque a che cosa serve arrabbiarsi, accusare i politici o gli scienziati di volerci manovrare per chissà quali oscuri motivi? Siamo in piena pandemia, i decessi in aumento, i contagiati fuori controllo, le mascherine scarseggiano e chi le ha, speculando sulla paura e sul bisogno delle persone, impone prezzi esagerati e c'è chi si arrangia con i metodi più stravaganti e poco sicuri. Gli ospedali, i reparti di rianimazione e terapie intensive, a sottolineare la gravità della malattia, sono saturi e non riescono a contenere tutti i pazienti che hanno bisogno di cure urgenti e si aprono reparti adatti in pochi giorni e lui pensa che sia tutta una farsa, una manovra del governo, magari che il virus sia un'invenzione? Non ne capisco il motivo, sono io l'ingenua? Angelo, il mio caro angelo, la persona che ho sposato, dalla mente aperta, intelligente e di larghe vedute non si sarebbe mai abbassato a certe insinuazioni non degne della sua intelligenza, non è da lui. Che sia stato contagiato anche lui dal virus, che dia anche questi sintomi d'instabilità emotiva, comportamentale e mentale, così differenti dal solito…? Non se ne sa molto, in realtà, e persino i sanitari imparano giorno dopo giorno studiando sui casi che vedono. Non so proprio che cosa pensare, ma in certi momenti, soprattutto dall'inizio della pandemia, mio marito non mi sembra più lui, i suoi discorsi e il suo comportamento iniziano a preoccuparmi. Devo andare…

Essere donna è il regalo
più prezioso
che la vita potesse farti.
Quando ti
capita di lamentarti per i dolori
che gli uomini non potranno
mai avere, ricordati che saresti
potuta nascere uomo,
un essere che
non potrà mai avere
la gioia di certi dolori.

Me lo diceva spesso mia madre ed io ridevo per queste sue espressioni.

Eccomi ancora qui, in un momento libero, a confidare a delle pagine bianche, come una ragazzina, i miei stati d'animo e ciò che mi accade. Com'è diverso il mio appuntamento col diario ora! È un'abitudine che è iniziata da piccola quando confidavo a un diario tutto rosa, i miei sogni, le mie paure, le mie preoccupazioni, le mie aspirazioni, le mie gioie, le mie ansie, i desideri, le mie prime delusioni e i miei palpiti di futura donna. Dopo alcuni anni, mi ero sentita tanto forte da farne a meno, ero cresciuta, vivevo appieno i miei giorni, ero contenta, serena, avevo le mie amiche, i miei impegni anche sportivi e non sentivo più il bisogno di confidarmi con una cosa fredda e impersonale come un diario che non poteva rispondermi né condividere le mie emozioni e le sensazioni che avvertivo, così pensavo. Ho rincominciato molto dopo, quando a una festa di compleanno, ho finalmente conosciuto, dopo alcune esperienze finite male, il mio principe azzurro. Un principe che non si era accorto di me fino alla fine della serata e poi, a sorpresa, mi aveva chiesto se potesse accompagnarmi a casa, lasciandomi poi davanti al portone con un bacio sulla guancia e nessuna richiesta di rivederci. Non nego la mia speranza di un finale di serata diverso, ma forse non era il momento giusto ed ero corsa in camera sospirando. Avevo ripreso allora un quaderno, desiderosa di mettere nero su bianco le sensazioni, il calore, le emozioni che quel lieve bacio aveva scatenato in me e in seguito tutto quello che seguì fino al nostro scambiarci i voti nuziali davanti a un altare.

Angelo e io! Che grande felicità e sogni realizzati.

Quanto cammino insieme da quel lieve bacio sulla guancia! Quanta tenerezza, amore, rispetto, gioie da quella sera. Lo rividi, ci frequentammo e nacque un profondo sentimento che nessuno dei due aveva previsto. Il sogno che pensavo inarrivabile si era avverato. Era una realtà che vivevamo in due e non credevamo ai nostri occhi nel trovarci, mano nella mano, a coronare un'unione, che nessuno dei due quella prima sera fatidica avrebbe creduto possibile. Invece, tre anni dopo, eravamo pronti e decisi a iniziare la nostra vita insieme. Per la seconda volta non avevo più sentito il bisogno di affidare i miei pensieri alle pagine di un diario. Non ne avevo più bisogno. Avevo davanti a me il risultato tangibile di un amore sincero e profondo che colmava ogni istante della mia vita e appagava tutti i miei sogni diventati realtà. Che bisogno c'era di confidarmi con un quaderno quando potevo farlo con una persona vera, innamorata e comprensiva? Niente più sogni, bensì vita reale, felicità e serendipità.

"Chiara, sei la donna che ha riempito di gioia e allegria la mia vita e reso il mio tempo meritevole di essere

vissuto. Da questo momento, con te e per te vivrò ogni mio attimo e ti prometto che i nostri occhi guarderanno lo stesso obiettivo, i nostri passi percorreranno la stessa strada, le nostre mani afferreranno lo stesso futuro, insieme, starò dove sarai, amerò ciò che amerai, desidererò ciò che vorrai. Ti starò vicino, sempre, ti rialzerò quando cadrai, ti incoraggerò se esiterai, ti loderò per ogni tuo successo e ti inciterò, ti consolerò e bacerò le tue lacrime se sarai triste, ma farò di tutto perché ciò non succeda mai e bacerò le tue lacrime di gioia che conserverò dentro il cuore per carezzarle quando ne avrò bisogno. Ti prometto tutto il mio amore e il mio rispetto, le mie attenzioni e la mia fedeltà, la mia gioia e la condivisione di ogni mio pensiero e atto, non ti lascerò mai sola nei momenti di luce e più ancora in quelli bui, nulla potrà mai allontanarmi dal tuo cuore e te dal mio... non vedrò l'ora di svegliarmi ogni mattina per potermi perdere nei tuoi occhi..."

Poi rivolgendosi agli invitati:

"Amo questa donna, e sposarla è un dono di cui spero di essere degno".

Questi i suoi voti nuziali, pronunciati con la voce che gli tremava e lo sguardo lucido, che sono penetrati fino al mio cuore facendomi sentire la donna più importante e fortunata del mondo. Capire quanto mi amasse e quanto lo amassi mi emozionò a tal punto da farmi dimenticare i miei voti e, imbarazzata, alla fine mi ero messa a ridere dicendo solo:

'sì, sì lo voglio anch'io', facendo ridere anche tutti gli amici e i parenti e piangere mia mamma e persino il mio dolce, burbero papà per la gioia.

La donna più coraggiosa e forte
è quella che mostra anche la sua paura
e la sua vulnerabilità!
Le donne forti non le
tieni in un angolo,
se vogliono stare in disparte
ci si mettono da sole.
Perché donne non si nasce,
si diventa ed
è un impegno che
non finisce mai.

Mi sembrò di vivere in un sogno quel giorno, ero, come si dice, al settimo cielo, osservando Angelo... cielo che si è infranto un po'quella sera che ha osato per la prima volta, alzare le mani su di me. Poi la sua mortificazione, le sue scuse e i suoi rinnovati sentimenti nei miei confronti mi hanno fatto superare il tutto, giustificarlo, credere ancora in quelle promesse così vere e appassionate. Come si possono dire parole così belle e vibranti se non provengono direttamente dal cuore?

E invece... due giorni fa... di nuovo. Mi ha colpito, con cattiveria e intenzionalmente, allontanando l'immagine di noi, di quel giorno e di tanti bei giorni che sono seguiti dopo.

"È stressato, depresso, arrabbiato, frustrato da questa situazione nuova per lui e per tutti..." Dice. Ho paura che, per l'affetto che sento nei suoi confronti, sia portata ad accettare passivamente le sue giustificazioni e che mi possano portare troppo lontano, in un luogo dove io non riesca a gestirle con obiettività e portata, di rimando, a giustificarlo anch'io, come già fa lui. Io non posso però permettermi di immedesimarmi con lui e offuscare la mia capacità di giudizio giustificandolo a oltranza. Né intraprendere una strada difficile da percorrere e senza più ritorno, infiltrandomi, mio malgrado, in situazioni che non conosco, tuttavia, tristi, trite e ritrite, inconfondibili e, spesso, dalle quali è molto difficile uscire. Tento di non pensarci per ora, ancora troppo sorpresa, tuttavia, intuisco nel profondo che, "giustificare" non è la soluzione migliore per me, ma attendo, forse sbagliando, invece di agire.

Ora perché scrivo a differenza delle altre volte? Perché sento il desiderio di affidare a queste pagine fatti e pensieri così differenti da quelli delle prime volte? Sento il… no, non il desiderio, bensì il bisogno di esternare ciò che mi succede, di gettarlo fuori da me quasi fosse un cancro che devo estirpare prima che m'invada completamente. Come se strappandolo dalla mia testa e inserendolo nelle pagine bianche, avvenisse una sorta di transfert, per eliminarlo e farlo diventare meno reale, meno brutto, non mio. Cerco di rendere più accettabile ciò che accettabile, lo so, non è assolutamente.

La verità è che mio marito, il mio caro Angelo, come scherzosamente lo chiamo talvolta rinverdendo una canzone del grande Lucio, inizia a farmi paura e questa sensazione mi spaventa.

Oggi, ascoltando il telegiornale, ha perso ancora la pazienza nel sentire le raccomandazioni da rispettare per contenere il contagio: cioè uscire solo in caso di emergenza, indossare sempre la mascherina, tenere le distanze, non creare assembramenti, lavare e disinfettare spesso le mani e così via.

"È una violenza nei nostri confronti! Ti rendi conto?! Sono restrizioni che ledono la nostra libertà personale, i nostri diritti, loro non possono farci questo! È anticostituzionale, non siamo in dittatura!... Lavarmi le mani?! Devono dirmelo loro secondo te?! Ci prendono anche per scemi, vedi? Sono pazzi da rinchiudere dal primo all'ultimo, credi a me!"

Ha urlato, e quando io con calma e spontaneità mi sono permessa di dire che la dittatura era ben altro, ha urlato anche contro di me alzando il braccio e quando io sobbalzando mi sono ritratta impaurita sollevando le mani a coprirmi il viso, pensando volesse ancora maltrattarmi non limitandosi solo alle parole, ha urlato ancora di più.

"Ma che fai Chiara ti scosti, ti metti in difesa? Hai paura di me? Davvero pensi che possa toccarti ancora? Ma per favore! Non giocare la carta del vittimismo con me per farmi sentire in colpa solo per uno schiaffetto! Ieri è stato solo un caso e ti ho chiesto scusa, lo sai che non lo farò più, ti amo e sei tutta la mia vita, ti ho sempre rispettato ed io non sono una persona violenta, non con te, lo sai!"

Come se il rispetto non fosse qualcosa che parte dal profondo e finisse nelle azioni, ma un optional da usare a discrezione.

"Scusami, certo, so che tu... non mi faresti mai male... coscientemente. È che, lo sai... odio gli urli, non sopporto... lo so che è stato solo un momento che non si ripeterà..."

"Sento che sta per arrivare un 'ma'... è così!?

"No, no, che dici…"

Ho cercato di calmarlo, tuttavia, la verità è che io inizio a vivere in un clima che comincia a diventare instabile e tetro, in un'atmosfera che non ho mai respirato prima d'ora. In una nube di dubbio, di precarietà e timore ai quali non sono abituata e mi è difficile accettarlo e inizio a pensare che no, non è stato un semplice schiaffetto scherzoso, che mi ha fatto letteralmente volare, e che non si ripeterà, bensì, qualcosa di ben più importante con radici oscure molto più profonde. E ripenso con angoscia alle parole di mia madre.

Io lo so? Veramente so che non è un violento come lui ha tenuto a sottolineare? Ho paura di no, di non saperlo in realtà. Ho paura di non conoscerlo veramente come vorrei e dovrei, di scoprirlo diverso da quello che credevo e trovarmi a convivere, infine, con un estraneo. La paura che possa rifarlo mi fa vivere nella precarietà e l'indecisione, il sospetto che sta nascendo nei suoi confronti, mi fa sentire vulnerabile e insicura. Talvolta mi sento una traditrice a nutrire certi dubbi, eppure se osservo i lividi che ho sul viso, il dolore sotterraneo invisibile che urla più di quello fisico, resto sconvolta e si scatena in me il desiderio di fuggire lontano. Fuggire da lui, mio Dio è mai possibile? Lui è tutto quello che una donna possa mai desiderare: è un uomo amorevole, colto, comprensivo, femminista anche più di molte donne, bello, premuroso, tenero, pieno d'amore per me. Fuggire da un marito che amo e mi ama? Ripenso a quanto ho desiderato di vivere la nostra vita fino a diventare vecchi insieme, un desiderio tanto forte da diventare doloroso e ora come posso pensare di fuggire da lui? Solo pensarlo mi sembra un tradimento. Il dubbio che mi attanaglia è peggio di tutto, anche dei suoi schiaffi, perché mette in crisi le mie emozioni, i miei sentimenti, la mia razionalità, la mia e la nostra vita e me stessa, le mie certezze perché mi porta a pensare di aver fatto un enorme sbaglio con lui, che offuscata dall'amore non sia stata capace di vedere oltre la nebbia che lui ha innalzato tra noi. Ma fuggire lontano, come una vigliacca, lasciare i problemi in sospeso senza sapere realmente chi è veramente la persona che amo nonostante tutto, che senso ha? È questo il senso del matrimonio, scappare alla prima difficoltà? No, non posso e non ne sono convinta. Ci siamo ripromessi che non avremmo mai evitato i problemi se o quando fossero sorti nel nostro rapporto, grandi o piccoli, perché era inevitabile prima o poi, nessun rapporto vero può sfuggire ai test della vita che lo testano e rafforzano. Abbiamo sempre asserito, bensì, che li avremmo affrontati armati del nostro amore, della nostra pazienza e della nostra comprensione, convinti che saremmo riusciti a superare tutto per uscirne più forti, perché sono i silenzi i veri problemi in una coppia, non viceversa. È sempre stato importante condividere tutto e confrontarci civilmente su ogni screzio finora, i nostri dialoghi sono sempre stati i momenti più belli della nostra unione e ora... non posso scappare proprio nel momento che è sorto un problema più grosso, ma forse non insormontabile se ne discutiamo insieme e cerchiamo di risolverlo. Non posso non concedere il beneficio del dubbio, proprio a lui che amo, quando ho sempre usato questo metro con tutti. Ne parleremo e sviscereremo il problema a fondo e lo risolveremo, spero. Ciononostante, penso che di dover anche lasciare spazio all'obbiettività e di non farmi trascinare in confronti perdenti per inseguire a ogni costo la mia idea di correttezza, non devo svendere a tutti i costi la mia dignità per accettare qualcosa che mi ripugna e che non accetterò mai da chiunque venga, a maggior ragione da lui con il quale ho deciso di passare tutta la mia vita. Intuisco che sono ben predisposta verso di lui, eppure talvolta penso che forse, difficilmente, dopo quanto è successo ci sarà ancora un futuro da scrivere insieme se lui arrivasse a perseguire ancora la strada della violenza. La mia vita, la mia dignità, la mia fiducia e il rispetto sono troppo importanti per barattarli con qualche attimo fuggente di felicità che potrei avere o anche no e non permetterò a nessuno, neanche a mio marito, di decidere al posto mio o di cercare di rendermi succube e maltrattarmi. Non elemosinerò attenzioni che non siano dettate dall'amore, quello vero, non quello intriso di egoismo e tanto meno di violenza. Mi piacerebbe avere accanto un uomo che sa anche fare i conti con la propria fragilità e le sue paure che non le nasconda dietro gli abusi e giustificandole. Un uomo che le sappia estrapolare, giudicare e vincerle con

umiltà anche chiedendo aiuto, avvicinando le sue mani verso di me per una carezza e non per colpirmi.
Mi viene in mente una poesia che ho letto, non molto tempo fa, e sento che al solo ripensare ai suoi versi, mi sento pervadere dai brividi.

"Basta!!!

Il femminicidio è un tema profondo

che colpisce del nostro cuore il fondo

adesso quello che dico io è:

Basta sangue e morte!

Basta vite distrutte!

Basta!

Col falso amore che si trasforma

presto in dolore.

Se il nostro Desiderio si avvererà,

il femminicidio terminerà.

(Oliwia Gajewska - Antonella Infante)

24-3-2020

Probabilmente scritta da due giovani stundentesse, spero non me ne vogliano se l'ho menzionata.

La verità è che Angelo mi picchia. Lo ha rifatto nuovamente stamattina e di nuovo poco fa senza motivo apparente, mentre stavamo commentando un argomento.

Mio Marito Mi Maltratta, È Un Uomo Violento!

È questo che penso, non è più un fatto casuale ed è talmente assurdo per me che ogni tanto osservo il mio viso per capire e ricordare di non aver sognato ciò che mi ha fatto, che è successo realmente, che mio marito, L'UOMO che amo, che ha sempre discettato di rispetto verso tutti, tollerante, che non ha mai fatto male a nessun tipo di essere vivente... mi ha percosso, mi ha guardato con occhi pieni di perfidia e rabbia e ha osato alzare le sue mani su di me, non per carezzarmi, per aiutarmi come aveva promesso, bensì per percuotermi, per farmi del male, punirmi di qualcosa che esiste solo nella sua testa, che non capisco e mi sconvolge.

25-3-2020
Ore 1,30

È difficile per me dormire con il cuore in subbuglio dopo ciò che Angelo ha fatto e rifatto. Mi vengono in mente le tante donne maltrattate, i femminicidi che occupano le pagine dei giornali e delle televisioni ogni giorno e mi dico che no, a me non succederà mai, farò in modo che non succeda. Angelo non è così, sì mi ha colpito certo, però, non posso paragonarlo a quegli uomini solo perché si è lasciato andare a qualche schiaffo con me e c'è una bella differenza. Lui mi ama, noi dialoghiamo, ci confrontiamo su tutto, risolviamo i contrasti e dopo siamo ancora più uniti, niente a che vedere con certi uomini che vedono le loro donne come oggetti di proprietà. Il dolore che mi urla dal torace, però, e il livido che si allarga mi raccontano una storia d diversa.

Finirà! Sì, certo finirà presto questo periodo tremendo che ci sta cambiando anche nel profondo e ci obbliga a comportamenti non proprio esemplari. Finiranno i decessi, la paura, le file di camion pieni di salme che solo al vederle ci sconvolgono e deprimono, le restrizioni, ogni cosa. Finirà il suo nervosismo, il suo silenzio e le sue urla, il suo isolarsi in camera oltre il lavoro... devo solo avere un po' di pazienza, comprenderlo, stargli vicino, parlargli, fargli capire che il nostro amore è più grande di ogni piccolo diverbio e che può contare su di me per tornare alla normalità. Possibile che, come tante donne hanno fatto prima di me, anch'io mi stia illudendo che dopo i primi schiaffi non ne arriveranno altri? Che mio marito non lo farà più, che creda alle sue giustificazioni e alle sue richieste di perdono, che mia ama e che insieme possiamo superare tutto? Possibile che il nostro meraviglioso rapporto possa andare a rotoli? Non riesco a crederci! Non voglio cadere in un girone senza via d'uscita come spesso capita in queste situazioni, non voglio lasciarmi fuorviare dalla speranza e dai sentimenti, convincermi che con la forza del mio affetto riuscirò a sistemare tutto. Devo ragionare, invece, essere razionale, fredda, decisa e anche egoista se servirà.

Meglio che vada

Se offendi una donna
per sentirti un vero uomo
hai appena fatto il primo
passo per smettere di esserlo.

Solo un piccolo uomo
usa la violenza sulle donne
per sentirsi grande.

27-3-2020
ore 0:40

Angelo dorme come un vero angioletto nel nostro letto. Da giorni ha iniziato ad acquistare online, oltre la spesa necessaria, anche bottiglie di vino e super alcolici e ha iniziato a bere più de solito:
"Mi calma, dovresti provare anche tu! Un bicchiere ogni tanto che male può farci, dai vieni qui siediti vicino a me e godiamoci questo buon nettare."
Ha mormorato facendo gli occhi dolci e io mi chiedo, se non fosse stato calmo, che cosa mi avrebbe fatto oggi? Lividi su lividi, escoriazioni, tagli. Ha iniziato a menar le mani come fosse il suo nuovo hobby, dimenticando che solo pochi giorni fa mi ha detto che mi ama, che sono la sua vita, che non mi farebbe mai del male, che lui non è aggressivo, che mai più avrebbe alzato la sua mano su di me. Invece sia ieri sia oggi, ha iniziato a maltrattarmi non appena è sceso dal letto, come fosse andato a dormire un angelo e si fosse alzato un diavolo. Una persona completamente diversa ed io, per non dargli fastidio, mi ritrovo a camminare in punta di piedi per casa, nel tentativo di essere invisibile, a stare in silenzio per non innervosirlo e a chiedermi cosa posso fare per arrivare a lui, parlagli, sistemare una situazione che ho paura ci stia sfuggendo di mano, che è del tutto nuova per me e con la quale ho paura dovrò convivere per diverso

tempo. Finché saremo bloccati in casa perlomeno. O finché sarò viva. Non oso pensarci.

Non sono ancora scomparsi i primi lividi che mi ha provocato e già di nuovi costellano il mio torace. Ha risparmiato il viso oggi, anzi decine di baci su di esso per farmi capire che lui è sempre il mio Angelo che ho sposato e non basta uno schiaffo o pugno, due e neanche tre per sconfiggere l'amore che ci ha unito più un anno fa. Il rapporto al quale mi ha costretto, dopo, sapeva tanto di amarezza, di lacrime non piante, di paura e umiliazione, peggio del dolore fisico che urlava il mio corpo. Perché glielo permetto? Noi donne abbiamo un difetto, a volte ci dimentichiamo di quanto valiamo e ci facciamo trascinare, per amore o per paura poco cambia se a decidere dei nostri atti non siamo noi coscientemente, se lo facciamo non convinte, deboli perché anche troppo forti e tenaci. L'amore può sempre giustificare tutto? Inizio a pensare di no!

Mi è capitato di perdonare le
persone solo perché non volevo
che uscissero dalla mia vita.
continuavo a sopportare ogni
minima cosa sperando che un
giorno tutto ciò sarebbe finito.
credo invece che avrei dovuto
essere forte e mettere fine a tutto.
Ricorda, se qualcuno ti fa male
una volta è colpa sua, ma se
te ne fa due, la colpa è tua.

Aveva scelto per noi un ristorante molto elegante e intimo per festeggiare il nostro primo mese di matrimonio. Ricordo che mi regalò uno splendido bracciale di perle, quindi fece portare al nostro tavolo un mazzo di fresie profumatissime con una rosa rossa al centro e avevamo passato il dopo cena a ballare emozionati e a scambiarci parole d'amore come ragazzini…

Mi attacco con le unghie e con i denti a questi bei ricordi, non unici, per non soccombere e sperare che sarà ancora così, che non sono solo ricordi e per non chiedermi che cosa sta succedendo al nostro matrimonio, ma soprattutto a lui. Oggi Angelo, di malumore da come ha posato i piedi sul parquet, ha evitato il contatto visivo con me, non mi ha quasi rivolto la parola e quando vi è stato costretto, lo ha fatto scontroso quasi io gli avessi fatto chissà quale torto. Non so che cosa sia peggio se le urla o il suo ignorarmi e il suo silenzio perché so che cova quasi sempre un temporale improvviso che può esplodermi addosso in tutta la sua tremenda violenza. A momenti tento di dimezzare la distanza che si sta creando tra noi con parole dolci, con un buon pranzo, un racconto, una carezza e un abbraccio, ma la sua freddezza, spesso mi frena. Non sempre riesco a raggiungerlo, percepisco la sua insofferenza, l'impassibilità talvolta e vedo l'orrido che si allarga a vista d'occhio tra noi e ho paura di precipitarci dentro. La linea di confine si sta allargando e facendosi più sottile fragile a ogni istante. Vado.

Devo iniziare a ritagliarmi dei momenti utili per liberare il mio cuore e soprattutto la mente, non vorrei provocare più guai di quanti non abbia. Ogni volta che mi fermo a scrivere sono in apprensione e a ogni rumore mi sale il cuore in gola, nonostante Angelo non si preoccupi poi tanto se non mi vede per un po', ho timore che possa scoprire cosa scrivo. Non è mai stato nel suo stile interferire col mio privato ed è sempre stato discreto, prima, tuttavia, troppe cose sono cambiate ora. Sì, un profondo senso di paura sta iniziando a serpeggiare dentro di me e questo mi butta ancora più giù di quanto già non faccia la brutta situazione con lui e quella alla quale ci costringe questo maledetto virus che non accenna a scomparire e imperversa, anzi, sempre di più. Le notizie serali sui dati italiani e mondiali continuano a essere terrificanti. I decessi aumentano sensibilmente come i contagi, in alcuni stati non hanno né il tempo né i luoghi adatti per seppellire le salme che si accumulano talvolta nelle strade o nei corsi d'acqua, in altri si ricorre alle fosse comuni in tutta fretta, cancellando l'identità di tante persone, come non fossero mai esistite, per tentare di salvaguardare la salute di chi resta. È una situazione disastrosa che, purtroppo, per il momento, non sembra trovare una soluzione e lo slogan "andrà tutto bene" comincia a sembrare meno convincente e a scemare un po' nella delusione che nulla sembri migliorare o almeno fermarsi. Davanti a tutto questo mi sento molto egoista e infantile a preoccuparmi dei guai che ho con mio marito.

Ero stata molto contenta quando Angelo, settimane fa mi ha annunciato che anche la sua grossa società, come tante altre compresa la mia, aveva messo in atto il telelavoro e perciò avrebbe potuto, anzi dovuto, restare a casa a lavorare al computer. Lo avevo abbracciato felice di averlo più tempo tutto per me: che bello, una cosa positiva in tutta questa marea di tristezza e paura che dilagava nel paese! Poter affrontare insieme la pandemia sarebbe stato più tranquillo e sicuro, senza contare che avremmo avuto più tempo per noi. Sembrava essere contento anche lui, e i primi giorni non ci saziavamo mai di noi, lasciando al lavoro meno tempo di quello che avremmo dovuto. Eravamo convinti che passare quasi tutto il nostro tempo insieme potesse solo rafforzare il nostro legame e infatti, forse le prime due settimane, pur essendo costretti in casa, sono state per noi una nuova luna di miele, nonostante la brutta situazione, eravamo tornati a un anno prima, più felici e vicini che mai. Poi la novità è scemata per lui, ed è stata turbata dal suo crescente disagio nello stare tanto tempo chiuso in casa e non potersi dedicare alle sue occupazioni precedenti, amici, calcio, bowling, tennis, incontri, escursioni e sempre meno tempo anche alla sua corsa quotidiana. Lentamente l'ho visto cambiare umore e atteggiamento sotto i miei occhi e talvolta anche le mie premure sembravano diventate superflue e persino fastidiose per lui. Urla immotivate, spintoni, colpi, silenzi, accuse verso di me di stargli troppo addosso, quasi fossi io la causa di tutto, hanno iniziato a costellare i nostri giorni sempre più. Poi, al contrario, ci sono i giorni di amore assillante, di gelosia per ogni mia uscita, di sospetti, sfiducia, mi vuole sempre sotto gli occhi quasi abbia paura che possa scappare chissà dove e con chi. Molto improbabile, dal momento che sto quasi sempre in casa con lui, a parte qualche puntata al supermercato di fronte casa o una corsetta attorno all'isolato e sempre meno, e inoltre la gelosia tra noi non era mai stata un problema, prima. Al massimo era più una cosa che avevo io nei suoi confronti, anche se ci ridevamo, notando quanto le ragazze facessero le frivole in sua presenza e cercassero sempre di attirare le sue attenzioni, perché Angelo è davvero un bell'uomo e non passa mai inosservato ovunque andiamo. Nelle mie poche uscite per fare un po' di spesa, ha iniziato ad aspettarmi con ansia, prima davanti alla finestra per vedermi arrivare mentre attraverso la piazza, poi addirittura sulla porta dell'appartamento, talvolta apre la porta prima di me e, quando non brontola del mio ritardo chiedendomi con chi mi fossi fermata a perdere tempo, mi leva le buste di mano, buttandole a terra per portarmi in camera da letto e fare a lungo l'amore con me, come non mi vedesse da giorni.

Non riesco a capire questi cambiamenti comportamentali e umorali, il suo atteggiamento ossessivo compulsivo, mai espresso prima, comincia a essere alquanto sospetto e preoccupante e inizio a pensare che, forse, non è il covid bensì, può essere affetto da una patologia cerebrale, forse una lesione frontale di cui lui stesso non è a conoscenza e che si sta espandendo portandolo a un comportamento che non è di sicuro il suo abituale. Come faccio a parlarne con lui, esporgli i miei dubbi e i sospetti senza provocare e incorrere in scoppi d'ira che poi potrebbero ricadere su di me a cascata. Spero solo che tutto si aggiusti col tempo. Che illusa! Mi sento tanto come uno struzzo che nasconde la testa sotto la sabbia per non vedere i pericoli che ha intorno. I problemi che si risolvono da soli non esistono e i nostri...

Le donne che hanno
Cambiato il mondo
non hanno mai
avuto bisogno di
mostrare nulla
se non la loro
intelligenza
(R·L·M·)

29-3-2020

Non posso fare a meno di aprirmi in queste pagine, sono diventate quasi il mio unico legame con la realtà, una sorta di ancoraggio contro le tempeste che mi permette di non andare alla deriva. Continuo a scrivere non solo per liberarmi di ciò che mi opprime, ma anche per lasciare qualcosa che parli di me se le cose dovessero evolvere negativamente e per non diventare pazza, anche se talvolta riesco a scrivere frettolosamente solo una o due pagine per volta. Devo inventarmi qualcosa per non far sospettare Angelo su ciò che sto documentando. Oggi stava alla finestra e guardava la piazza sottostante con sguardo truce, irato. Mi sono avvicinata a lui e da dietro l'ho stretto in un abbraccio baciandolo teneramente sul collo. Tento in ogni maniera di non pensare ai lividi che ho addosso, convinta che il mio amore, se pur accompagnato dalla paura strisciante, sia così forte da aiutarmi e aiutarci a superare tutto.

"Guarda!"

Ha urlato, indicandomi la strada e la grande piazza con gesto nervoso, incurante dei miei baci quasi non ne fosse neanche consapevole. Lì per lì non ho capito che cosa volesse indicarmi, ho osservato giù e non ho risposto continuando a baciarlo e lui allora mi ha scostato con gesto infastidito.

"Smettila! Osserva che tristezza, vedi? Nessuno per strada, ti rendi conto di quanto sia penoso vedere la

nostra bella piazza così deserta? I negozi vuoti! Le panchine e i marciapiedi deserti! Guarda che desolazione? Un deserto ovunque, solo alcune persone che camminano con aria stralunata 'a distanza di sicurezza'- sarcastico -. I nostri governanti hanno ridotto Roma a una città fantasma, la nostra bellissima città meta di milioni di turisti... è diventata un luogo con uno scenario quasi post-atomico, ci pensi? Dovremmo scendere tutti in piazza, ribellarci, andare davanti a Palazzo Chigi e al Quirinale e urlare il nostro scontento, far valere i nostri diritti che loro incostituzionalmente stanno calpestando, non possono e invece lo stanno facendo tra la paura e l'indifferenza di tutti! Hai sentito anche tu dei tanti commercianti e persone rimaste senza lavoro che si sono suicidate perché non sanno più come sfamare le famiglie, pagare i dipendenti, gli affitti, né arrivare a fine mese nonostante il finto assistenzialismo che elargiscono i nostri governanti! Sono dei criminali, degli assassini, queste morti ricadono su di loro, dovrebbero pesare come macigni sulle loro coscienze e invece, sono sicuro che dormono sonni tranquilli, forti dei loro stipendi milionari e poi fingono anche di aiutare questi poveracci elargendo cinque, seicento euro a qualcuno a fronte di perdite di decine e centinaia di volte superiori, è veramente allucinante!"
Con il cuore in gola l'ho lasciato continuare senza interromperlo per timore che si arrabbiasse di più.
"Secondo me è tutta una manovra politica, forse devono nascondere qualcosa di grosso e così ci

gettano fumo in faccia per distrarci finché avranno risolto e seppellito le loro magagne. È tutta una manovra per impaurirci e farci fare ciò che vogliono credi a me, non c'è alcun bisogno di tutte queste ristrettezze..."

Purtroppo, senza volerlo, alfine, ho fermato il suo fiume di parole e ho azzardato...

"Come puoi dire questo, amore! Eppure, ascolti anche tu il tg, senti quante sono le persone che muoiono a causa del covid, non è certo finzione, e i contagi..."

"Smettila cavolo! Non mi contraddire sempre, per la miseria, non sei mai d'accordo con me cosa ti succede? Mi spieghi allora come mai nessuno di loro si è ammalato o è morto? Fammi il nome di un politico o di uno scienziato che ha subito la stessa sorte di quelli che riempiono i camion di cui tanto parli? Come mai muoiono solo i poveri Cristi, dai non siamo scemi! C'è qualcosa sotto!"

E con queste parole mi ha colpito con un forte manrovescio facendomi rovinare malamente a terra, mentre continuava imperterrito e astioso.

"Perché continui sempre a fare la stronza con me, a contraddirmi anche quando tutto è palese che ho ragione, costringendomi ad azioni che non sono nel mio carattere? Perché non puoi essere d'accordo con me e stare dalla mia parte per una volta, non dovevamo condividere tutto? Dove sono finiti i nostri propositi, li hai già dimenticati, buttati nel cesso e mi dai contro? La signora ne sa più di me, osa contraddirmi con le sue idee uniformate e sottomesse ai nostri Capi, quasi fossero il Messia del Secondo Avvento! Parli sempre di morti e allora parliamone sì, quanti di quei poveracci che sono stati costretti a chiudere le loro attività sono morti? Dimmi sai quanti se ne sono andati disperati perché..."

Poi come accorgendosi solo in quel momento di me a terra spaventata e sanguinante si è interrotto, ha stretto i denti e si è rigirato verso la finestra dicendo:

"Scusa, va bene scusa Chiara se ti ho colpito, non era te che volevo colpire, ma loro, loro che ci prendono per scemi che ci fanno arrivare a certi insani gesti che mai ci sogneremmo di fare in condizioni normali. Ti rendi conto di quanto ci hanno cambiato no? Siamo noi a rimetterci, pensa a quante vedove e orfani si sono lasciati appresso le decisioni dei politici e di questi cosiddetti scienziati? Noi dobbiamo restare uniti tesoro, dobbiamo essere noi a colpire loro, insieme... non devi lasciarmi mi devi capire o io... io..."

Quindi è scoppiato in lacrime come un bambino che avesse subito un torto ed io sono rimasta lì come una sciocca, senza avere il coraggio di indignarmi, commuovendomi, sentendomi addirittura colpevole per non condividere le sue idee, senza sapere cosa fare finché mi sono rialzata e l'ho abbracciato cercando di calmarlo come una mamma fa col suo bambino disperato che ha perso e non trova più il suo giocattolo preferito. Sono sconvolta, allibita, non so più che cosa pensare. Questo suo comportarsi, questa sua altalena emozionale mi lascia scossa, perplessa, contesa da più parti e i dubbi, invece di dissiparsi, s'infittiscono e non mi danno più la possibilità di raziocinio né so più come approcciarmi con mio marito, per il suo bene e per il mio. Tutto ciò mi spiazza, mi rende vulnerabile, mentre la mia autostima e le mie certezze vanno giù in caduta libera creando ancor più confusione anche nelle mie azioni oltre che nei miei pensieri. Ho paura che anche lui stia diventando uno dei tanti maschi prigionieri della propria ossessione, incapaci di aprirsi agli altri o di capire le opinioni diverse dalle proprie, con idee ristrette preconcette e stereotipate, chiusi in un mondo piccolo e irrazionale pronti a gettare le loro frustrazioni sulla donna. Ma Angelo non è mai stato così: la sua correttezza, il suo spessore morale, le sue larghe vedute, la sua tolleranza, la sua generosità, il suo rispetto erano ciò che mi avevano colpito, tra le altre cose, non posso essermi sbagliata in maniera così grossolana su di lui! Non posso crederlo, eppure, i fatti lo rispecchiano. Mi accorgo che sto iniziando a cambiare anch'io, e tali variazioni nel mio comportamento non mi piacciono perché mi mostrano una persona diversa da ciò che sono, mi costringono a rapportarmi con essa, giudicarmi e a finire col non piacermi. Per non contrariarlo o esacerbarlo non sono più io, mi pongo in maniera differente, evito, e so già che non è giusto reprimere il mio carattere, calpestare me stessa per schivare qualcosa di cui ho paura, che non dovrebbe neanche sfiorarci l'esistenza. Devo avere pazienza, è la strada giusta, ma basterà?

La nostra pazienza
otterrà più della
nostra forza.
(Edmund Burke)

30-3-2020

Angelo ed io, abbiamo un appartamento molto carino però non molto grande, comprato subito dopo le nozze. Stiamo risparmiando tutto ciò che possiamo per comprarne uno più spazioso, anche in previsione di un aumento della famiglia. Questi perlomeno erano i nostri piani prima della pandemia e chissà se continueranno a essere ancora validi e continueremo a condividerli quando essa sarà terminata. Anche questo dubbio è origine di ansia per me, il dopo pandemia. L'appartamento è composto da un open space salotto cucina, una camera e un bagno e un microscopico balcone. Angelo per lavorare ha attrezzato per sé un angolo nell'ampia camera da letto, nella quale ha ritagliato uno spazio ben organizzato, mentre io ho requisito un angolino nel salotto, non ho bisogno di tanto, sono più creativa e mi adatto. Questa sistemazione letto-lavoro non lo soddisfa appieno perché, sostiene, nei momenti intimi si sente addosso lo stress dell'ufficio e non riesce a rilassarsi del tutto. Io ho amato subito il nostro appartamento proprio perché piccolo, intimo, a misura di sposini, tuttavia, ora invidio un po' le persone che possono gestire meglio una simile situazione di ristrettezza ambientale in una casa o un appartamento con degli spazi dedicati e più ampi, magari anche con lo sfogo esterno di un paio di ampi balconi o una bella terrazza. Anche se mi piacerebbe, personalmente non avevo mai sentito come essenziale o impellente questa grande esigenza di spazio, né il disagio del piccolo, del riservato - non finora almeno -, eppure Angelo lo subisce sempre di più e talvolta, quando lo vedo camminare avanti e indietro, sbuffando, da una camera all'altra, mi ricorda un animale in gabbia pronto ad azzannare qualcuno o a esplodere e la scelta tra le cose non è molto varia mi rendo conto. E, infatti, succede sempre più spesso e l'obiettivo naturalmente è solo uno. Io! Consigliargli di andare a fare la spesa o una solitaria passeggiata, telefonare agli amici per chiacchierare un po' lo irretisce ancor più e urla come un pazzo.

"Andarmene in giro con una museruola come un cane? Non do a nessuno questa soddisfazione, la usassero politici e scienziati se ci tengono tanto! Ma li vedi?! Non sono d'accordo neanche tra loro queste grandi teste, c'è chi la porta e chi no, secondo te perché? Perché tutto ciò è solo una farsa, non ci capiscono nulla e poi vogliono insegnare o sperimentare su di noi. No, io non mi piego a degli emeriti imbecilli che non sono neanche capaci a coniugare i verbi correttamente! Che strazio sentirli parlare, ogni giorno la stessa solfa, le stesse affermazioni contraddittorie, come si fa a non odiarli?"

Sì, effettivamente, un appartamento più grande o un villino con un fazzoletto di giardino sarebbe stato di grande aiuto per noi in questo momento, uno sfogo all'aperto. Devo convenire che questo inizia a stare stretto anche a me e a sembrarmi un po' claustrofobico, a causa sua, e mi spiace ammetterlo. Chissà, forse Angelo, se avessimo avuto un piccolo giardino, avrebbe speso là un po' del suo tempo, dedicandosi magari a creare un piccolo orto, sarebbe stata una bella novità per lui; chissà, distraendosi, avrebbe affrontato meglio questo periodo e un po' di lavoro manuale gli avrebbe dato delle soddisfazioni distogliendolo dalle sue manie, dalle sue fissazioni e dal suo umore instabile.

Sento che sta urlando, non capisco contro chi, devo uscire a scoprirne il motivo o mi conviene ignorarlo e restare qua per evitare che scarichi su di me la sua ira?

"Questo è il tempo della riscoperta.
Del valore di un abbraccio,
dell'importanza di guardarsi
negli occhi, del calore di
una stretta di mano."

Queste sono le parole
dette dal nostro premier
qualche giorno fa.
Spero per tutti noi
che sia veramente così.

Angelo mi ha chiesto, o sarebbe meglio dire 'imposto', di non andare più a fare la spesa personalmente al supermercato bensì, di comprare solo online ciò che ci serve per non darla vinta a quelli che impongono la mascherina e le distanze.

"Ci vogliono rinchiusi dentro, restiamoci, non voglio vederti uscire con la mascherina come una rapinatrice pronta a tirar fuori la pistola per farsi consegnare l'incasso della giornata. Usa il computer, puoi decidere e scegliere con calma e in autonomia e ti portano tutto ciò di cui hai bisogno fino alla porta di casa."

Una mia piccola protesta sul fatto che preferisco vedere di persona ciò che compro e fare due passi mi fa bene mi ha fatto guadagnare uno schiaffo e poi un altro mentre mi urlava dietro come un pazzo.

"Ma cosa vuoi di più, lo faccio per te non lo capisci, ti affatichi anche di meno, non ti carichi le buste e non sei costretta a fare ore di fila per mantenere le distanze, e poi... ringrazia per questo i tuoi cari politici e i tuoi scienziati, che stanno facendo soldi alle nostre spalle e si fanno beffe di noi. Sai quanto incassa ognuno di questi cosiddetti virologi, infettivologi, epidemiologi e quant'altro per ogni ospitata in un programma per ripetere ogni giorno le stesse inutili cose? Più di quanto tu guadagni in un mese, mia cara e li girano tutti a turno, come fai a non vedere un disegno in tutto ciò! E nessuno è mai d'accordo con l'altro, ti accorgi, si fanno la guerra fra di loro e noi... a chi dovremmo credere? Ci riempiono la testa di stupidaggini proprio per non farci capire niente e mandarci in confusione. E poi... non voglio che tu... vada in giro da sola così... vestita né che parli con qualcuno, ti ho vista ieri chiacchierare con Carlo, sembravate molto in sintonia e d'accordo, intimi quasi! Ridevi più di quanto fai con me!"

Così vestita? Mi è caduta la mandibola fino allo sterno per la sorpresa. Da quando in qua il mio modo di vestire non è di suo gradimento mentre in passato ha sempre asserito che il mio buon gusto era tale da far invidia a molte donne? Perché ora non è più idoneo e soprattutto perché ho sentito la sua affermazione come un'accusa? Poi le poche parole che ho scambiato con Carlo, nostro amico... erano intime? La mia risata colpevole? È pazzesco, quante occasioni mi dà lui di ridere con gioia e gusto, è mia la colpa se i miei sorrisi iniziano a essere di difesa e perdono spontaneità di giorno in giorno? Cominciamo anche con la gelosia folle, con le critiche su ciò che indosso e faccio, adesso, è assurdo, come procederà? Gonna troppo corta, troppo attillata, maglietta troppo sexi, abito troppo appariscente, pantaloni che mostrano troppo, troppe chiacchiere, risate troppo intime e poi? Mi accuserà di avere un amante? Vorrà infilarsi anche nei miei più reconditi pensieri più di quanto già non faccia ora infettandoli e controllandoli? Ogni giorno che passa porta con sé una novità che mi preoccupa e mi lascia interdetta, portandomi a chiedere chi si nasconda dietro quest'uomo i cui atteggiamenti e pensieri stanno virando davanti ai miei occhi e che quasi non riconosco nonostante mi sforzi con tutta me stessa di andargli incontro e capirlo. Chi è quest'alieno che ha fagocitato il mio Angelo prendendo le sue sembianze e lasciando visibile solo la sua caricatura, l'ombra di un uomo che ritenevo meraviglioso e che, lentamente, ma con decisione, sta scomparendo nella bolgia di questo periodo tremendo già di suo?

A volte per avere un po' di privacy in casa, posso rintanarmi solo in bagno, e lo faccio anche per evitare di dargli fastidio per non provocare i suoi urli o peggio. In un appartamento tanto piccolo è impossibile non intralciarci e non vederci e stranamente sto iniziando a desiderare che ciò avvenga il meno possibile perché pure io, talvolta, desidero un po' di pace e tranquillità, anzi sono le uniche cose che vorrei in questo momento. Il suo cambiamento spinge anche me a comportamenti e desideri che non mi sarei mai sognata, eppure è così, sento che non sono più la stessa di qualche mese fa e constatarlo non mi fa piacere. Cercare la solitudine quando avrei bisogno solo di vicinanza, di calore, di amore, di comprensione, di rispetto, di un abbraccio e una carezza, mi porta in una dimensione che mi pesa e mi sconcerta, e mi chiedo dove ci porterà la nostra relazione ormai così diversa e precaria. Mi sento svuotata, impaurita, instabile e metto in discussione me stessa e le mie scelte, la mia stessa vita, sono sempre più sulla difensiva. Vivo come sul filo del rasoio attenta a non fare il minimo passo falso per evitare di farmi male, sussulto a ogni rumore e ho ciò paura per che sarà mentre nei suoi occhi leggo cattiveria e indifferenza. Devo lasciare.

La solitudine è ed
è sempre stata
l'esperienza
centrale e inevitabile
di ogni persona.

Il bello delle donne
è che hanno paura,
ma alla fine
hanno il coraggio
di fare tutto
ciò è necessario.

Ho scoperto che scrivere ciò che succede in casa mia e fuori mi addolora e aiuta al contempo, per qualche minuto mi fa dimenticare ciò che mi succede, mi dà l'illusione che la mia sofferenza appartenga a un'altra, mi aiuta a essere più razionale e a non perdere del tutto il contatto con la realtà e non diventare pazza, ma l'ansia di essere scoperta mi logora e mi fa sentire più in pericolo. Stamattina ho detto ad Angelo di aver deciso di seguire la mia passione e di scrivere un libro sul difficile periodo storico che stiamo vivendo; lui osservandomi in modo strano ha ribattuto che non era una brutta idea, in giro c'era gente così strana che probabilmente lo avrebbe anche comprato e che potrei diventare famosa e ricca. Non era un complimento, bensì sarcasmo.

"Scusami se non lo leggerò tesoro, sono sicuro che mi capirai." Ha terminato.

Ho tirato un sospiro di sollievo, non ne ho la certezza matematica, ma così non sarò più costretta a nascondermi da qualche parte ogni volta che mi dedico al mio diario. Non ho nessuna velleità di diventare famosa, ma solo estrapolare da me i miei demoni per andare avanti.

Ormai da settimane a Roma, e in tutte le città e i paesi d'Italia, gli abitanti cercano di superare le brutte notizie, che ogni giorno i programmi televisivi ci servono, con iniziative spinte a guardare al futuro con più ottimismo, con la convinzione che saremmo più forti anche del covid, affrontandolo uniti, con il sorriso sulle labbra e il coraggio che contraddistingue noi italiani. Nella maggior parte delle finestre e dei balconi sono apparsi da diverse settimane i tricolori della nostra bandiera. Uomini, donne, ragazzi si affacciano da balconi e finestre, salutano, condividono musica a tutto volume, oppure, chi può permetterselo, ed è capace, suona personalmente uno strumento, chi la chitarra, il violino, oppure usano i cellulari per diffondere le canzoni. Molti cantano a squarciagola intrattenendosi e intrattenendo i vicini, non importa se con voce non sempre intonata, l'importante è comunicare ottimismo nel futuro e qualcuno è persino diventato famoso con le sue canzoni che rispecchiano il periodo che stiamo vivendo. Tanti espongono teli e foto con scritte "ce la faremo", come ha detto una sera in un programma Prof. Barbero, e tutti hanno fatto propria questa frase, o altre anche spiritose con l'intento di sdrammatizzare il momento serio con un sorriso. C'è chi parla e dialoga da un balcone all'altro, rivolgendo la parola a quel vicino mai salutato prima, per il bisogno sotteso e impellente di condivisione, vicinanza e ottimismo. Ci si scambia messaggi scherzosi e immagini tramite WA con video e vignette divertenti e spiritosi, sempre in tema virus, volti a minimizzare la situazione, con l'intento di far affiorare un sorriso sulle labbra delle persone e vincere la paura che purtroppo la pandemia porta con sé giorno dopo giorno. Modi diversi per affrontare il male, di sperare che tutto finisca presto, per cercare di restare uniti in un paese, e non è il solo, che sta sprofondando sempre più nella sofferenza, nella tragedia, e anche nella disoccupazione. La tristezza attorno è tanta, troppe persone se ne sono andate e tante ancora vanno via, intere comunità sparite, la società disgregata in poco tempo, eppure c'è attorno tanta voglia di continuare, di rinascere, di ridere, di abbracciarsi, di una speranza che nasconde le lacrime e che cerca di sconfiggere il pessimismo e la paura di ciò che lascerà questa malattia quando si deciderà a darci tregua.

Stavo alla finestra stamani e salutavo i nostri dirimpettai che conosco solo di vista e che cantavano sul balcone, quando all'improvviso mi sono sentita afferrare e girando come una trottola sono atterrata scomposta sul divano, battendo malamente la spalla tanto che pensavo di essermela fratturata dalla fitta di dolore sentita e che mi ha fatto quasi svenire.

"Smettila! Sei fuori luogo a comportarti in questo modo, non capisci, non sei una ragazzina. Smetti di dare spettacolo, sei ridicola, è incredibile sembrate tutti impazziti. Siamo prigionieri in casa nostra, non possiamo fare ciò che vogliamo, se è vero che c'è chi muore, mi dici che cosa c'è da festeggiare? Le imposizioni mascherate da prevenzioni sanitarie? Oppure c'è qualcosa di nuovo ed eclatante di cui io non sono ancora a conoscenza? Smettila di fare la bambina e sistema casa piuttosto, oppure scrivi come hai deciso di fare! Magari il tuo libro diventerà il best seller dell'anno."

Era livido di rabbia, mi ha sovrastato con la sua altezza agitando il pugno ed io mi sono rannicchiata impaurita proprio come una bambina in attesa della punizione, che regolarmente è arrivata. Sistema casa? Sono del tutto allibita. Quando mai si è permesso di darmi simili ordini? Dio mio, non ci credo! Se sto sognando, svegliami quanto prima, per favore! Odio gli incubi e rivoglio la mia bella vita piena d'amore e serenità che vedo passarmi davanti e fuggire via alla velocità della luce. Noi donne abbiamo lottato per anni per abolire le discriminazioni, emanciparci dall'uomo, per affrancarci dai padre/marito/padroni, anche dai lavori di casa che sembravano da sempre di nostra esclusiva pertinenza e Angelo ed io, da subito, siamo stati d'accordo che in casa li fa chi ha più tempo a disposizione, senza nessuna imposizione, soprattutto ora che non può più venire a casa la ragazza che dava una mano per i lavori domestici e devo sentire certe frasi? Mi sembra di fare un salto indietro di centinaia di anni a queste parole, non credo a ciò che sento e forse non ci crede neppure lui, fatto sta che l'ha affermato con convinzione e inizio a pensare che non siano solo frasi casuali dette in un attimo d'ira. È un incubo?

La paura può farti
prigioniero.
La speranza può
renderti libero.

Il coraggio è resistenza
alla paura, è dominio
della paura, ma non
assenza di paura.
(M.T.)

Quante volte ho visto le denunce di tante donne in tv: donne che con i volti tumefatti e lividi estesi accusare i loro uomini di averle maltrattate e picchiate senza motivo, solo perché li avevano contradetti o durante un litigio, o perché avevano bevuto troppo, per gelosia o solamente perché erano fragili e violenti di natura e scaricavano su di loro le loro frustrazione, le loro debolezze, la loro indole violenta, convinti che le "loro" donne fossero di "loro" proprietà e per loro normale trattarle come oggetti, non vedendole come esseri umani… quante volte ho detto tra me:
"A me non capiterà mai! E se succederà non permetterò che al primo pugno ne segua un altro, come diceva mamma."
Come mi sentivo fortunata con lui e lo amavo sempre più vedendolo così premuroso, comprensivo, rispettoso, corretto e amorevole con me. Ascoltando di donne violentate, abusate, picchiate, uccise, dispiaciuta per loro pensavo:
"Perché non reagisci, non meriti ciò che ti fa quella bestia. Io non capisco, se tuo marito non ti rispetta, denuncialo, mandalo via, vattene lontano da lui fai in modo che sia inoffensivo, non subire.
"Perché queste donne si fanno trattare come oggetti di proprietà da rompere a loro piacimento e non

s'impongono, non chiedono più rispetto e chinano la testa! Perché non li denunciano. Non devono restare passive, devono lottare con coraggio, parlare, isolarli, farli sentire dentro di loro per la bestia disumana che sono."

Che sciocca e illusa! Troppo semplice parlare e dare giudizi affrettati guardando i fatti dall'esterno, senza troppo o nessun coinvolgimento e provando solo compassione e dispiacere!

Io. Sono. Diventata. Una. Di. Queste. Donne!

E mi rendo conto quanto non sia facile fare una delle tante cose che consigliavo loro seduta comodamente sul divano di casa mia. Anch'io ora accetto senza ribellarmi, per paura che faccia di peggio, protesto debolmente, lo giustifico, mi auto colpevolizzo, non scappo, non gli impongo di andarsene, non lo denuncio, non alzo la mia voce, mi rifugio tremante in me stessa e le cose peggiorano di giorno in giorno e continuo a non fare ciò che ritengo giusto in attesa che qualcosa cambi in meglio. I motivi sono tanti, anche se nessuno è giusto. Sono consapevole di quanto sia troppo facile giudicare quando la tua vita scorre su binari tranquilli e tra te e i fatti reali c'è una distanza abissale o un filtro. Ora che sono parte del problema, che lo vivo personalmente, che lo subisco nella sua pienezza sulla mia pelle e soffro sia a livello fisico sia psicologico, vedo le cose da una prospettiva molto differente. Vedo i fantasmi comparire ogni mattina appena apro gli occhi, aspettarmi in silenzio e tenermi alla loro mercé tutto il giorno. Penso a quelle donne sofferenti e capisco nel profondo le loro indecisioni, le loro speranze e i loro timori e soprattutto la sofferenza. Angelo ha asserito un giorno, che la mia calma, il mio accettare pedissequamente le regole imposte dal governo, ingiuste secondo lui, la speranza, l'ottimismo e la mia fiducia nelle istituzioni lo esasperano, che non pensava fossi così remissiva, così passiva e pronta all'obbedienza come una donnetta qualsiasi senza spina dorsale. Dice che non sembro più io, quella Chiara coraggiosa, pronta a difendere le proprie opinioni che andava a testa alta e ammirava, che non la abbassava mai davanti a nessuno e portava avanti le proprie idee con coraggio. Ma no, non è vero. Io, nonostante il malignità delle sue parole sono ancora così, forte e indipendente, se qualcuno tra noi due è cambiato è lui, io non trovo più mio marito e se lui tornasse sarei pronta ad accoglierlo. Non mi sono fatta fare il lavaggio del cervello dal governo, come insinua lui, e se qualcosa è cambiato in me, è a causa del suo atteggiamento misogino, solo per difesa e paura come tutte le donne abusate, e se oso far valere i miei desideri e le mie necessità lui li infrange a suon di pugni.

Per quanto riguarda il virus che ci ha invasi come un esercito di forze aliene, che è qualcosa di nemmeno vivo bensì in uno stato al limite, io sono fermamente convinta che non sarà facile batterlo e potremmo farlo solamente isolandolo, levandogli la terra sotto i piedi, non dandogli modo di avanzare o di prendere possesso dei nostri spazi. La chiusura che il governo ci impone è solo buonsenso, non privazione della nostra libertà. Secondo me, invece, è anche troppo limitata, dovrebbe essere totale, si dovrebbe trovare un modo di impedire la circolazione delle persone da una città all'altra e da un paese all'altro chiudendo aeroporti, stazioni e quant'altro e contemporaneamente aiutarle a superare il tutto. Solo isolando tutto si potrà avere ragione di un nemico tanto subdolo, invisibile, pronto a modificarsi per infiltrarsi e uccidere meglio. Ho letto che durante l'epidemia di spagnola agli inizi del secolo scorso, chiamata così non perché originata dalla Spagna, bensì perché i primi a parlarne furono i giornali spagnoli, unici non censurati durante la guerra, molti negarono addirittura ci fosse in corso una pandemia. Affermarono fosse una semplice influenza confinata solo in Spagna, non si presero provvedimenti, perciò, la malattia dilagò ancora di più, uccidendo infine l'ottanta per cento della popolazione. Un numero di vittime immane. Un solo paese in quel periodo riuscì a uscirne indenne, Gunnison, nel Colorado, e senza vittime perché qualcuno intuendo la gravità della situazione, effettuò una chiusura totale, impedendo agli abitanti di lasciare l'abitato o a chiunque di entrarvi. Il paese era stato circondato addirittura da guardie armate per impedire la circolazione delle persone e persino degli animali, in entrambi i sensi, verso i paesi vicini e questo per mesi, finché terminarono persino i viveri e qualcuno iniziò a soffrire la fame, tuttavia, nel frattempo l'epidemia si era smorzata e loro si salvarono tutti. Anche ora, secondo la mia modesta opinione, bisognerebbe adottare un sistema così drastico, regolamentato meglio che in passato proprio perché abbiamo le potenzialità per farlo, anziché gridare alla violazione delle libertà individuali solo perché dobbiamo indossare le mascherine, tenere la distanza di sicurezza o evitare feste per salvaguardare la nostra salute. Il diritto alla salute, alla vita della comunità ed evitare migliaia di morti è molto più importante che stare a casa per un po' o portare all'esterno una maschera che ci protegge. È un brutto periodo, di sofferenza e morte, senza dubbio, tuttavia, perché lottare tra noi quando il nemico è un altro?

Purtroppo, questo tremendo coronavirus non è qualcosa di astratto solo perché invisibile, non è un'invenzione dei potenti per poterci controllare meglio come asserisce Angelo, e molti altri come lui, sarà la piaga dei tempi moderni, come la spagnola e la peste lo sono state dei tempi andati, e come loro lascerà una scia di morti e devastazione finché gli scienziati non troveranno una cura e, nonostante "la corsa agli armamenti", per così dire, sia in atto in più stati e i ricercatori si stiano dando da fare in massa, i risultati sembrano ancora troppo lontani. Come in ogni situazione difficile da affrontare ci sono diversi strati di responsabilità, si vedono complotti a largo spettro e si accusano i potenti della terra di cavalcare la peste di turno per impaurirci e metterci in condizioni di controllarci e obbligarci a fare ogni cosa loro propongano per arricchirsi o per motivi ancora più oscuri. Sarà così, o anche no, non so, intanto mi sembra controproducente scannarci tra noi e vivere nel terrore o pervasi dalla rabbia.

Sai quando una persona
tiene veramente a te?
Quando tra i tanti impegni
di ogni giorno si preoccupa di te,
quando ti comprende
nonostante un'infinità
di pensieri affollano
la sua mente, quando
preoccupa della tua
vita non per interesse,
ma perché gli importa
davvero che tu sia felice.
(A.G)

È ciò che ho sempre pensato anch'io vedendo come Angelo pensasse e si rapportasse a me, purtroppo sto iniziando a ricredermi e ne ho validi motivi.

Le donne hanno fatto un lungo cammino nel tempo per tentare di emanciparsi dall'uomo e dalle leggi fatte ad hoc da loro e per loro, tuttavia, c'è ancora tanto da fare. Non molto è cambiato soprattutto nelle menti dei maschi se questo cammino e le lotte non hanno portato a una vera parità di genere in ogni campo e una donna ancora non può stare serena all'interno della sua casa, non può permettersi neanche di camminare da sola di notte per strada senza rischi o essere additata come una poco di buono, o senza che un uomo possa sentirsi autorizzato a violarla, se anche un solo uomo pensa a lei come a un oggetto da usare e non a un essere umano con una sua identità e dignità che ha i suoi stessi diritti: libertà e rispetto, allora abbiamo tutti fallito! L'intero genere umano ha fallito.

Mentre scrivevo in salotto, Angelo mi ha chiesto come mai uso quaderno e penna quando sarebbe più veloce usare il tablet, ho avuto solo un attimo di indecisione mentre il cuore mi saltava un paio di battiti, poi ho avuto la prontezza di dire che sento più mio il libro usando una penna e un quaderno da dove ciò che annoto non scomparirà per un errore casuale o per mancanza di corrente se mi dimentico di salvare gli appunti e costringendomi a rifare tutto. Scrivere a mano poi mi è sempre piaciuto, avere in mano una penna, il tocco materiale con un quaderno, l'odore della carta, è qualcosa di diverso più intimo, mentre il tablet lo trovo impersonale e non mi ispira in questo momento. Dentro di me tremavo come una foglia, ma ha annuito come fosse d'accordo e mi capisse. Ora posso scrivere per più tempo ciononostante la paura che passandomi vicino possa togliermi di colpo il quaderno di mano per accertarsi del mio scritto sia sempre presente. Ma non posso farmi condizionare dal timore di ciò che possa fare o non riuscirò ad andare avanti. Talvolta lo osservo quando lui è distratto e mi rendo conto di quanto sia cambiato anche fisicamente. Ha una perenne espressione corrucciata, dura; spesso, soprattutto dopo aver alzato le mani su di me evita di guardarmi, il suo viso ha perso la sua aria sbarazzina e allegra che mi piaceva tanto, è trascurato, sciatto, abbruttito, cosa che non è mai stato e sempre più puzza di alcol. È pensoso, distante, ogni tanto stringe i denti, un nervo guizza sulla sua guancia; traspare il suo profondo conflitto interiore pronto a salire in superfice per un'inezia e scatenarsi. Mi chiedo chi è questa persona che ha ucciso mio marito: con le sue variazioni umorali sconosciute, che va dalla serietà allo scontro, dalle accuse al sorriso o al pianto e che mi vive accanto usurpando un posto che non è suo e facendomi del male fisicamente e moralmente. Non lo riconosco più.

Talvolta penso con sgomento che questo cambiamento possa non essere un periodo passeggero che finirà con la pandemia appena potrà tornare in ufficio e alla sua vita di sempre. Lo vedo più come una minaccia stabile che incombe su di noi, come un mostro, più che un genio della lampada, che è stato scatenato da qualcosa, che non vedeva l'ora di uscire dalla sua prigione e ora si gode tutta la sua libertà a mio discapito. No, ho paura che non finirà mai e io sarò costretta, prima o poi a prendere delle drastiche decisioni, prima che per me sia troppo tardi. Sarò frustrata e ancora innamorata di lui in un posticino recondito dentro di me, ma non sono sciocca.

Non consultarti con
le tue paure, ma con
le tue speranze e i
tuoi sogni. Non
pensare alle tue
frustrazioni, ma al
tuo potenziale
irrealizzato.
Non preoccuparti
per ciò che hai provato
e fallito, ma di ciò che ti è
ancora possibile fare."

I miei genitori sono stati ricoverati a distanza di un giorno l'uno dall'altra, come tante altre persone in questo periodo. Non abitano tanto distanti da me, ma non ci vedevamo da oltre un mese, anche per il loro bene, essendo più a rischio data l'età e le patologie di cui sono portatori. Non li incontro dai primi di febbraio, esattamente da quando è iniziata l'emergenza sanitaria e neppure ora che sono ricoverati e in gravi condizioni, attaccato a un respiratore automatico lui e con la cpap lei, mi permettono di andare a trovarli, neanche per salutarli da lontano, perché già solo entrare in ospedale potrebbe essere rischioso sia per i pazienti sia per i visitatori. Sono stata avvisata telefonicamente da mamma prima del suo ricovero e posso solo avere notizie con lo stesso mezzo e neanche facilmente, vista la mole di pazienti ricoverati e i tanti parenti che chiedono aggiornamenti. Loro non uscivano di casa come tutti, sono sempre stati molto attenti e questo dice quanto la malattia sia subdola e contagiosa.

Papà una mattina ha detto alla mamma che andava al forno vicino casa per non farla affaticare, ma sarebbe stato attento a non avvicinare nessuno.

Anche loro, come ho iniziato a fare anch'io e penso migliaia di persone, si dilettavano a fare il pane e i dolci in casa, un modo anche per passare il tempo con soddisfazione. Due giorni dopo aver detto quella frase, papà aveva la febbre alta, e il giorno dopo ancora è stato ricoverato allo Spallanzani in cattive condizioni, seguito a ruota dalla mamma. Non posso andare a trovarli o sentirli al telefono e ancor meno abbracciarli, incoraggiarli, aiutarli in alcun modo e sto provando sulla mia pelle lo strazio e il dolore di quelle migliaia di persone che si sono trovate prima di me nella stessa situazione che ora anche io sto vivendo. Puro terrore e completa impotenza! I miei non sono neanche tanto anziani, sui sessanta sessantacinque, ma papà ha una bpco da anni, una patologia polmonare che certo non aiuta ad affrontare meglio l'insufficienza respiratoria acuta dovuta alla polmonite. Mamma ha avuto un infarto, e ha altre patologie, anche se ora se la cava benissimo la mia preoccupazione è altissima potenziata in più da ciò che i programmi, con molta crudezza, non evitano mai di mettere in piazza, forse anche con l'intento di spaventare e far stare a casa le persone, pure speculando sul dolore: "Anziani ad alto rischio soprattutto se portatori di patologie pregresse hanno poche possibilità di superare indenni la malattia". Infatti, il maggior numero di decessi finora si è avuto nella loro categoria. È veramente terribile. Cerco di evitare di ascoltare, ma non posso farne a meno, non si parla d'altro in ogni canale e mi chiedo quanto può essere grande il desiderio dei conduttori di speculare sulla paura del prossimo per avere audience, non sarebbe meglio limitarsi alle notizie, alle raccomandazioni di non uscire, invece di sguazzare in ogni caso particolare e sviscerarlo in ogni suo risvolto più triste e doloroso per fare colpo?! Non perdo tempo e riferire le parole pronunciate dal mio caro Angelo sul contagio e sul ricovero dei miei: dico solo che secondo lui, si sono quasi meritati questo destino e sono la dimostrazione provata che restare a casa è sempre stato un consiglio senza alcun senso perché non sono certo sufficienti cinquanta metri per essere contagiati. Inoltre, nessuna parola premurosa per me del tipo: "vedrai che ce la faranno, loro sono forti, non ti preoccupare, io ti sto vicino, dobbiamo sperare e stare tranquilli..." etc. Nessun abbraccio caloroso o gesto amorevole di consolazione per farmi sentire il suo affetto e partecipazione, nessuna parola dolce per dimostrarmi la sua vicinanza e farmi sentire meno sola e impaurita, niente che mi aiuti a sperare o per alleggerire la mia preoccupazione. Sarebbero servite a poco immagino perché intuisco che è molto difficile per loro, ma mi avrebbe fatto piacere che lui condividesse il mio dolore e i miei timori. Perché mi illudo ancora se neanche in un frangente simile riesce più a vedermi non come sua moglie con la quale condividere tutto, ma neanche come una persona o un'amica da sostenere. Solo frasi sarcastiche e mi chiudo in me stessa nel tentativo di combattere dentro di me il dolore, la preoccupazione, la mia paura di perderli da un giorno all'altro senza neanche poterli vedere né tenergli la mano per dimostrargli il mio grande amore per loro e restare sola. Vivo in una casa dove regna la sofferenza, con uno pseudo marito ormai, il che equivale a dire: nessuno con cui condividere i miei pensieri o che mi aiuti a superare questo momento. L'uomo che abita la mia casa non più la persona che emozionato, nei suoi voti mi aveva sussurrato con amore:

"...e ti prometto che i nostri occhi guarderanno lo stesso obiettivo, i nostri passi percorreranno la stessa strada, le nostre mani afferreranno lo stesso futuro, insieme, starò dove sarai, amerò ciò che amerai, desidererò ciò che vorrai. Ti starò vicino e ti rialzerò quando cadrai, ti consolerò se sarai triste e bacerò le tue lacrime..."

Nessuna consolazione, nessun bacio sulle mie lacrime e sul mio dolore. Dove sta andando, invece, il mio uomo sempre più premuroso e pronto ad allungare le mani su di me per maltrattarmi, a urlarmi contro e a isolarsi nel silenzio, se togliamo quelle poche ore in cui sembra amorevole, coinvolto e tanto geloso solo se io oso parlare con qualcuno anche dalla finestra. L'amore sconfitto dall'indifferenza e dall'egoismo, il rispetto dalla prevaricazione, la fiducia sconfitta dalla gelosia in modo assolutamente immotivato. Angelo osserva ogni mio passo, ascolta ogni mia parola, spia ogni mia telefonata, non ha il minimo motivo di esserlo eppure, la sua mania di possesso, la sua gelosia ingigantiscono ogni giorno di più con conseguenze catastrofiche per me. Solo "il mio libro" lo lascia indifferente, per fortuna, dandomi la possibilità di scrivere e documentare, di gettare fuori da me il mio dolore, pur sempre con molto timore, e il motivo vero per cui scrivo è piuttosto doloroso per me. Neanche la notizia del contagio dei miei, che intuisce benissimo quanto sia tremenda e destabilizzante per me, quanto la loro vita sia attaccata a un filo pronto a spezzarsi da un momento all'altro, quanto sia penoso e quanto io, in questo momento, abbia bisogno di empatia e di essere sostenuta e amata, riesce ad attraversare il filtro della sua indifferenza e del suo amore tramutato in perfidia. Altro che rialzarmi dopo una caduta, baciare le mie lacrime, lui le fa sgorgare ancor più e ne resta freddo e imperturbabile e forse compiaciuto. Eppure, è come un figlio per i miei genitori, il figlio maschio desiderato che non sono riusciti ad avere e sa benissimo che stravedono per lui e lui pure per loro dal primo momento, così sembrava perlomeno. Ora la situazione irreale che stiamo vivendo l'ha portato a dimenticare gli affetti, l'attenzione e la correttezza che ci hanno sempre unito. Mi rifugio nei ricordi bellissimi dei giorni trascorsi con i miei, nei loro abbracci e negli insegnamenti che hanno fatto di me una bella persona, con la speranza che possano tornare da me e cerco di non pensare all'amarezza che mi provoca l'apatia di Angelo. Loro ci sono sempre stati vicini in ogni senso, la loro lontananza in questi mesi è stata dolorosa per me e per loro e pensavo fosse così anche per lui, che sentisse nostalgia ad averli lontano e non vedesse l'ora di riabbracciarli. Il pensiero che possa perderli entrambi o anche uno solo di loro all'improvviso, mi distrugge ed evito di pensarci, purtroppo intuisco che è una eventualità anche troppo reale e il desiderio di appoggiarmi a mio marito, a una persona sulla quale ero sicura di poter contare in ogni frangente e scoprire che non è così, che sono sola, mi sconvolge ancor più. Lui che aveva promesso di starmi vicino e consolarmi potrebbe aiutarmi, alleviare in parte il mio dolore e la mia paura. Dolore sopra dolore, la sua vena egoistica travalica ogni sentimento e anche questa è una sofferente sorpresa per me che mi ritrovo sempre più sola a immergermi nei ricordi dei miei per dargli forza e sentirli più vicini.

Il tempo che trascorri
con le persone
giuste annulla l'amaro
lasciato da
quelle sbagliate.
(G.N.)

5-4-2020

Non riesco più a scrivere, non oso quasi dimostrare il dolore per i miei davanti a lui per il timore che non solo mi maltratti, ma arrivi a fare qualcosa di peggio. Mio Dio, non so cosa fare. Sto perdendo tutto.

7-4-2020

Sono distrutta, straziata, addolorata, incredula! Non mi resta più nulla. I miei sono andati via! Entrambi, a distanza di poche ore l'uno dall'altro, uniti nella morte come lo sono stati nella vita, ed io non ho potuto star loro vicino, parlargli, accarezzarli, tenere la loro mano nel momento più importante, a dire loro che li amavo, mentre andavano via per sempre. All'improvviso non ci sono più e mai avrei creduto che l'ultima volta che li ho abbracciati sarebbe stata veramente l'ultima e non avrei potuto farlo mai più. E non posso accompagnarli neanche nel loro ultimo viaggio, che faranno in solitudine, portati via insieme a tanti altri, forse in un deposito perché i decessi sono talmente tanti che non sarà possibile officiare una cerimonia funebre per ognuno e soprattutto sono vietate dalle autorità le celebrazioni in presenza. Portati via come spazzatura della quale doversi liberare quanto prima per poter fare posto a chi viene dopo, e sono tanti, troppi per essere solo un'invenzione di alcune menti perverse, e non so neanche, per ora, dove potrò andare a trovarli dopo, quando tutto ciò sarà vinto. Non posso neanche piangerli o permettermi momenti di tristezza e sofferenza perché c'è chi mi accusa d'ipocrisia e deride il mio dolore, quasi lo meritassi perché ho la convinzione che esista un virus chiamato covid19. Sto per ore raggomitolata in una poltrona con lo sguardo perso nel vuoto, inebetita e assente, sperando di dormire per non pensare e isolarmi dalla realtà dolorosa ma è inutile. Sono ancora incredula al pensiero che quando tutto sarà finito non potrò uscire di casa e correre da loro e abbracciarli. E ora posso dire di trovarmi veramente sola, in solitudine col ricordo dei miei che non ci sono più, perché la presenza di mio marito non ha niente a che vedere col termine compagnia, vicinanza, affetto, consolazione. Sola con il mio dolore e i miei ricordi, perché gli unici motivi di contatto che mi riserba Angelo, ormai, sono i suoi pugni e i rapporti ai quali talvolta mi costringe con la forza e se tento di negarmi sa come ottenere ciò che vuole ignorando i miei desideri. Anzi, le mie resistenze hanno il potere di eccitarlo di più ed essere molto più brutale e violento, la tenerezza scomparsa.

Già, è incredibile, eppure, persino la mia sofferenza, il mio pianto, la mia apatia invece che addolcirlo sono un motivo di fastidio per mio marito che ultimamente è diventato sempre più intimo con la bottiglia e raramente se ne stacca.

Quelli che ci
hanno lasciato
non sono assenti,
sono invisibili,
tuttavia, tengono
i loro occhi pieni
di gloria fissi nei miei
pieni di lacrime.

Non voglio né posso continuare a passare il mio tempo a piangere, devo tenere il mio dolore per la perdita dei miei dentro di me come una cosa solo mia e sperare che il tempo mi aiuti e conviverci. Loro sono andati via, ma se potessero sono sicura che mi direbbero di smetterla con le lacrime, non serviranno a riportarli a me ma solo a prosciugare le mie forze già allo stremo. È giusto soffrire per la loro mancanza, però, devo ricordarli con gioia e sarebbero i primi a dirmi che è ora di alzare il sedere, darmi una mossa e pensare alla mia vita, solo questo posso fare per farli stare bene. Se li immagino mentre mi rimproverano per le mie lacrime piango e rido al contempo tra dolore e nostalgia. Nonostante la sofferenza devo reagire, è vero, loro vorrebbero così, ringraziarli per ciò che mi hanno dato, ricordarli con amore e guardare avanti. Mi sembra incredibile che fino a pochi mesi fa la mia esistenza scorresse su binari dritti e sicuri: i miei, mio marito, la mia vita... e ora tutto è esploso e ridotto in mille pezzi impossibili da ricomporre. Inoltre, devo evitare che Angelo mi veda ancor più come una vittima e sentirsi più autorizzato a infierire su di me.
Pare che l'alcool gli dia la forza che, talvolta, gli manca per colpirmi anche senza motivo, salvo poi scoppiare a piangere, sempre meno, e chiedere umilmente scusa inginocchiato davanti a me e abbracciandomi le gambe. Oppure dimentica la scena madre e mi accusa

di essere la causa di tutto, del suo disagio, del suo nervosismo che io scientemente faccio di tutto per acuire, e del suo malessere sempre più evidente che non si preoccupa più neanche a dissimulare o capire per tentare di guarirlo dando un'evoluzione al nostro rapporto sempre più negativa. Non mi ascolta, m'impedisce di andargli incontro per capire insieme che cosa possiamo fare per dare un'inversione di tendenza a questa mania che vedo prendere sempre più una china pericolosa e anch'io, ora, purtroppo, sono meno propensa ad andargli incontro. Dietro la sua cattiveria, infine, anch'io mi colpevolizzo, mi metto in discussione su tutto e la mia autostima vacilla, pur intuendo che non devo dargliene la possibilità. Capisco che è questo il suo obiettivo, destabilizzarmi, per tenermi alla sua mercè, si compiace nell'instillarmi dei dubbi e soggiogarmi per rendermi vulnerabile, inerme e sempre più spaventata, quasi io possa così giustificare e accettare il suo comportamento e fa di tutto per tenermi emozionalmente passiva.

Sì, percepisco che il suo è un gioco al massacro, e non solo in senso metaforico, pieno di pregiudizi e non voglio pensare dove mi porterà tutto ciò o cosa resterà di me alla fine. È un pensiero di quelli che cambiano la prospettiva del futuro e ho paura di esplorarne fino in fondo le conseguenze, anche se dovrei invece e smetterla di restare in posizione d'attesa, che non porterà a niente di risolutivo, o forse sì? Non in meglio, però.

Gli uomini vogliono
sempre essere
il primo amore
di una donna.
Le donne, invece,
vogliono essere
l'ultimo amore
di un uomo.
(O.W.)

11-4-2020

Ormai non è più causale o saltuaria la sua violenza, bensì è diventata un'abitudine quotidiana, parte integrante dei suoi e, soprattutto, dei miei giorni. Lividi su lividi, la mia pelle somiglia più a una carta geografia di vari colori, rossa, vinaccia, blu verde, giallo, che alla pelle di seta che tanto gli piaceva accarezzare e baciare. Quando trascorre un intero giorno senza uno schiaffo, un calcio o un pugno mi sembra di aver avuto un grande dono, un momento di speranza che mi aiuta a respirare. Oggi è uno di quelli ed io come una stupida sono portata a pensare che si sia redento, che riflettendo a fondo tra sé abbia capito i suoi sbagli, che il suo amore per me, più forte di tutto, sia riuscito a tornare a galla sconfiggendo definitivamente la sua aggressività nei miei confronti. La speranza che tutto possa essere come prima invade il mio cuore, malgrado tutto ancora innamorato e pronta ad andargli incontro, perdonare e rincominciare. Sì, è vero sento di essere un po' ridicola, lo sono sicuramente se solo arrivo a pensare che possa essere ancora fattibile qualcosa del genere, che, invece, è talmente astruso come credere che possa andare sulla luna in volo; Angelo si è spinto troppo in là per pensare che basti solo un colpo di spugna per cancellare tutto e tornare indietro. Ormai è chiaro che il suo orizzonte si è ristretto solo a un piccolo spicchio, che lui ha perso i contatti con il mondo reale e la sua capacità di giudizio, un tempo invidiabile, si sta deteriorando a vista d'occhio con il passare dei giorni. E la cosa peggiore è che tento di illudermi veramente che si sia ricreduto, che io gli debba essere riconoscente per non avermi percosso per un giorno, poi analizzo a fondo la situazione, razionalizzo e vorrei prendermi io stessa a pugni solo per essere stata sfiorata dal pensiero e da quella vena di riconoscenza strisciante. Come posso pensare che sia un dono da parte sua una giornata senza percosse? Una fortuna? Che assurdità! Perché noi donne dobbiamo ritenere una fortuna un fatto simile e non un nostro diritto, un fatto acquisito, qualcosa che ci spetta come esseri umani come capita agli uomini? Mi chiedo quante volte sia capitato ad Angelo di andare a letto, come capita a me, ringraziando la fortuna per non essere stato pestato pesantemente da qualcuno? Oppure sì?! Spesso mi chiedo se c'è qualcosa di nascosto nel suo passato che può averlo portato alle reazioni violente del presente, costretto alle sue azioni deleterie verso di me senza la possibilità di evitarle, anche se dentro di sé percepisce che sono sbagliate? Sarebbe davvero triste e tremendo se lui per un passato di abusi subiti sulla sua pelle ora non possa comportarsi diversamente da come fa e che lo porti a scaricare su di me ciò che ha patito a sua volta. Sarebbe una vittima anche lui, che ciò che è successo lo ha segnato profondamente cambiandolo e impedendogli una vita normale, anche nel suo privato da adulto. E questo dubbio per la sofferenza che può aver subito mi fa stare ancora più male dei suoi colpi.

"Ama il tuo prossimo Chiara, ma devi imparare anche pensare a te e amarti, ricorda che il tuo prossimo più prossimo sei tu."

Mi sembra di sentire la voce di mia madre che mi sussurra queste parole e convengo con lei. Non credo di essere mai stata una moglie pedante, assillante, soffocante o esasperante; forte, decisa, coraggiosa sì e, molto innamorata, talvolta, pendevo anche troppo dalle sue labbra e forse questo è stato un male visto che ancora sono sempre pronta a giustificarlo, a passare sopra alle sue azioni non proprio edificanti. Eppure, ricerco ogni momento una ragione valida per giustificare il suo comportamento e arrivo sempre al risultato che non esista nessun motivo, per cui lui possa permettersi di arrivare a tanto, nessuna giustificazione perché nessun essere umano, a prescindere dal carattere o da ciò che può essergli accaduto in passato, deve trovarne una anche minima e aggrapparcisi per giustificare le sue azioni feroci contro un altro essere umano. Mi auguro solo che, per questa tremenda pandemia che ha sconvolto tante vite, trovino una cura veloce e mirata in modo da sconfiggerla al più presto e riportarci alla normalità perduta che ci ridia ancora un po' di speranza. Non avrei mai pensato di dirlo e neanche solo pensarlo, eppure spero ardentemente che Angelo possa tornare presto in ufficio a svolgere il suo lavoro come prima e stare meno a casa con me. Forse, allora tutto cambierà.

Forse o forse anche no, chi voglio illudere! Sono certa che la pandemia e la chiusura siano state solo il motivo scatenante di qualcosa di preesistente che dormiva sornione in attesa di uscire e svelare la sua perfida esistenza. Vedo, tuttavia, il suo rientro in ufficio come unica via d'uscita, l'unica possibilità di salvare il nostro matrimonio e il nostro rapporto così duramente messi alla prova e soprattutto me, gettata di colpo in una sfera di violenze del tutto sconosciuta che non immaginavo potesse esistere... oppure per salvarmi da lui. Talvolta sono così ottimista da crederci, ma subito dopo, se mi soffermo a osservare i miei lividi e ascoltare la storia raccontata dai miei dolori che il mio corpo m'invia a tradimento all'improvviso precipito nella depressione e penso che non ci sarà mai nessuna via d'uscita per noi e per me. È solo un miraggio, qualcosa d'irreale e impalpabile, un desiderio vano che non potrà avverarsi.

Il bello delle donne è
che spesso hanno
paura, ma alla fine...
hanno il coraggio
e la forza di fare
tutto e anche di più,
proprio in virtù
di quella paura!

12-4-2020

Sto a letto mentre Angelo, è tornato in salotto a legge un libro che, ha detto deve assolutamente terminare. La testa mi scoppia e nel corpo arde un fuoco misto a una profonda sofferenza non solo fisica, ma debilitante anche a livello psicologico ed emozionale. All'inizio, dopo che Angelo sfogava la sua ira su di me, tentava di chiedermi scusa e farsi perdonare, facendomi arrivare a casa regali bellissimi, anche di grande valore o solo significativi, enormi mazzi di fiori, oppure mi portava di peso a letto delicatamente e, facendo l'amore con me con tenerezza, mi sussurrava che non poteva fare a meno di me, che sono la sua vita, mi ama, di perdonare questi suoi momenti che non sono lo specchio del suo cuore bensì solo segni sporadici del suo disagio dovuti esclusivamente al periodo difficile. Io pur piena di dubbi tentavo di crederci. Volevo crederci. Ora non è più così, ora fare l'amore, che amore non è più e che ho paura a chiamarlo col suo vero nome, è diventato un atto privo di ogni tenerezza dove è solo lui a prendere e a pretendere; è una maratona surreale nella quale lui s'impone, riesce a soddisfarsi solo se mi prende con brutalità, se accompagna le parole d'amore alle minacce e alle percosse e, infine, la mia sconfitta non è solo fisica bensì molto più emotiva e mi colpisce nella mia dignità di donna e di persona. Le mie lacrime, i miei rifiuti, le proteste e i tentativi di fermarlo riescono solo a farlo andare ancor più fuori di testa.

"Te la sei cercata!

È capace di urlami con astio e cattiveria, dopo. Che ironia, lui abusa di me con la forza ed io me la sarei cercata?! In che modo? E se pure fosse, se avessi fatto qualcosa per irretirlo lui non dovrebbe essere padrone e responsabile delle sue azioni, perché agire male e poi accusarmi? La sua debolezza diventa una mia colpa? La sua aggressività una giustificazione? È la frase preferita da chi vuole accampare una scappatoia per il suo comportamento sbagliato, ma significa anche ammettere una propria sconfitta, secondo me. Non capiscono, i cosiddetti maschi, quanto sia indice di vulnerabilità, di fragilità e debolezza nei loro stessi confronti oltre che offensiva per noi donne siano l'azione e la frase? Io da settimane tento di essere il più invisibile possibile, cerco di capirlo, di assecondarlo, di stare in silenzio, talvolta anche violentando me stessa, i miei sentimenti e le mie emozioni, perché intuisco quanto sia diventato fragile, quanto si senta colpito nella sua libertà negata che lo costringe a una vita che non desidera e che lo annichilisce, io che sono maltrattata, devo sentirmi anche dire che mi sta bene e che me la sono cercata se abusa di me?! Lui sbaglia, è incapace di essere un uomo degno di questo nome ed è colpa mia, che assurdità! Lui, invece, non se la cercherebbe con il suo comportamento? Com'è allora che l'uomo non la trova mai questa fantomatica punizione o succede raramente? Un uomo può permettersi di usare, impunemente, qualsiasi atteggiamento poco ortodosso, anche al limite del criminale o criminoso e non se la cerca? Io e le migliaia di donne offese dovremmo comportarci allo stesso modo con loro: picchiarli, umiliarli, sottometterli, mortificarli, ucciderli perché se la sono cercata? Che paradosso!

Poi mi chiedo: ma che cosa significa che me la sono cercata? C'è qualcuno che 'se la cerca', con il suo comportamento, quasi ci fossero dei precisi paletti di confine comportamentali decisi da qualcun altro, dagli uomini naturalmente, che quindi si credono autorizzati, arrogandosi il diritto di punire un altro essere umano perché è uscito da quei binari, arbitrariamente predisposti e pure se non ne escono? Con quale diritto appunto, chi li autorizza a porsi al di sopra delle leggi umane, etiche e giudicare, punire a loro piacimento chi preferiscono? No, io non me la cerco, checché ne dica lui, nessuna donna lo fa ed è solo un'immagine accomodante e distorta sviluppata dalle menti dei piccoli uomini, tuttavia, se pure io fossi una persona che lo sfida, lo provoca, una donna esasperante, che gli tiene testa, che lo esacerba, chi autorizza lui a soverchiarmi e picchiarmi, punirmi, massacrarmi, violentarmi? Perché crede di essere superiore a me? Cosa porta qualcuno a punirne un altro, lui me nella fattispecie? Perché allora seguendo il suo ragionamento, il suo comportarsi da giustiziere, lui dovrebbe essere esente da punizioni se si comporta male? Nessun uomo e nessuna donna si cerca niente e nessuno uomo o donna dovrebbe arrogarsi il diritto di assurgersi a giudice supremo e punire, urlare, abusare, uccidere un altro essere umano. Eppure, alcuni uomini sì, lo fanno, ed è inconcepibile. Noi umani abbiamo sviluppato una cosa importantissima: la parola! Con il dialogo e il confronto si potrebbero risolvere tutte le divergenze, comporre persino le guerre, ma purtroppo, al momento opportuno, non facciamo tesoro di questo grande dono, si fa prima a mettere a tacere la tolleranza e la razionalità e usare le mani dando sfogo all'ira o la parola alle armi. La risposta probabilmente sarebbe da ricercare nella cultura del macho che lo vuole da sempre superiore e più potente della donna e che, purtroppo, anche nel 2020 non si è ancora evoluta ed è rimasta indietro nel tempo, all'età in cui lui viveva nelle caverne, a quando si uccideva per la sopravvivenza e si prendeva con indifferenza ciò di cui si aveva bisogno, donne comprese, e poco si è fatto per cambiare e si fa anche oggi per aprire le menti al rispetto, al diritto, alla parità e alla dignità degli altri nonostante siano passati millenni.

Già uccidere! Anche oggi ho sentito al telegiornale e letto su internet di un'altra donna vittima della collera, dell'arroganza e del diritto di uccidere che il marito si è arrogato quasi fosse un dovere per lui. Uccisa per smania di possesso, della convinzione che 'tu sei mia e non hai il diritto di lasciarmi' perché 'se non sarai più mia nessuno ti avrà', del perché 'sei donna e devi ubbidirmi' e così via. Poi penso a qualcuno, che non ha mai vissuto simili situazioni o il terrore provocato da passi che si avvicinano verso la porta chiusa, da urla disumane o dal silenzio che è peggio di mille urla, dire che noi donne ce la siamo cercata, solo perché abbiamo avuto il coraggio di negarci, rispondere a tono a un uomo, oppure perché abbiamo indossato un vestito che ci piace, forse provocante secondo alcuni, perché siamo pedanti, intelligenti, esasperanti, forti, perché semplicemente 'SIAMO' e per questo meritiamo di essere punite, cancellate, zittite e mi sento afferrare dalla rabbia. Anch'io, pur non avendo mai tollerato certi atteggiamenti e modi di pensare degli uomini, anzi condannandoli apertamente, mi rendo conto di essere stata tempo addietro una che ha giudicato senza capire appieno e mi sono lasciata andare a giudizi affrettati e giudicavo con sufficienza le donne maltrattate esortandole a ribellarsi, senza percepire lontanamente ciò che vivevano. Sì, facevo la saputella, volevo insegnare loro dal mio divano cose di cui non ero assolutamente a conoscenza e solo ora, che ne sono vittima capisco quanto sia difficile talvolta capire fino in fondo le problematiche di certe situazioni, è fin troppo facile dare giudizi o consigli affrettati se si è solo osservatori. Sarebbe meglio, tuttavia, capire, capire e ancora capire, anche se non si è vissuto certi momenti e chiedo umilmente scusa a chi ha sofferto prima di me e a chi soffre tuttora. Una cosa, tuttavia, mi umilia, farlo solo ora che anch'io sono uguale a loro, mentre avrei dovuto capire e sostenerle prima, intuendo le loro sofferenze e le loro angosce, anche senza averle provate sulla mia pelle. Noi donne dovremmo essere più coese e unite nelle nostre battaglie senza necessariamente esserne colpite di persona, ma agire tutte insieme per tutte.

Vedo la violenza maschile sotto un'altra luce, oltre che ingiusta e arretrata. La vedo con gli occhi della paura, del terrore, dell'incertezza, dell'ingiustizia, del non sapere se quando chiudo gli occhi la sera sarò poi tanto fortunata da vedere l'alba di un nuovo giorno. Che incoerenza ringraziare la 'fortuna' perché si ha ancora una vita da vivere, ce l'auguriamo per averla ancora oppure per avere solo un altro giorno in più da vivere. Agli uomini questo non succede, o raramente, dormono sonni beati, come il mio caro Angelo, mentre io sobbalzo a ogni minimo rumore che penso possa portare con sé altro dolore fisico se non peggio, senza considerare il terrore a livello psicologico. Da quando è iniziata questa storia non c'è notte che io abbia dormito serenamente e fatto bei sogni; il mio sonno è sempre un continuo stancante dormiveglia pieno di terrore, un trasalire di spavento se solo nel suo dormire tranquillo sento Angelo avvicinarsi a me, resto senza fiato e tremante, immobile in attesa di quelle che non sono più carezze o baci sulle mie lacrime.

Discorso troppo ampio ed io ora non ho tempo per esprimere quanto vorrei. Ho paura, nonostante la scusa del libro da scrivere che ha accettato bene, che anche stare troppo chiusa in bagno, oppure davanti al tablet nel mio angolino nel salone, possa scatenare sospetti e violenza. Talvolta scendo nella piazza con la scusa di prendere un po' di sole e siedo a scrivere sulla panchina sotto il suo occhio vigile che mi spia dal balconcino. Finora è sempre stato piuttosto indifferente davanti al mio quaderno. Dico solo che malgrado tutto non riuscirà a farmi chinare la testa, perché nonostante la mia sofferenza, la mia paura, la mia impotenza, la mia vulnerabilità emozionale la cosa più intelligente che io possa fare è essere consapevole che, in futuro, io potrò fare a meno di lui e di qualsiasi uomo se servirà, potrò lottare e pensare e decidere da me, senza bisogno della loro presenza. Per assurdo, proprio come in un mondo distopico. Può battermi, ma non vincermi, può farmi abbassare momentaneamente la testa, ma io la rialzerò perché so di essere più forte di lui, e per quanto possa farmi male fisicamente, nulla potrà colpire la mia idea di libertà, la mia dignità e la speranza che il mio futuro possa essere bello, anzi ancora migliore, senza la sua debolezza. Ciononostante, non penso che tutti gli uomini siano come lui, non devo perdere fiducia nei veri uomini né colpevolizzarli per colpe che non hanno commesso né si sognerebbero mai di fare.

Uomini e Donne:
Educate vostro figlio a
rispettare le donne e,
educate vostra figlia a
prendere a calci
nelle palle il primo
idiota che alza
la voce e le mani
su di lei.

14-4-2020

Paura!
Non avevo mai capito il vero senso di questa semplice, piccola parola di cinque lettere. Quante accezioni e quante emozioni contenute in una parola così insignificante che può racchiudere una vita intera. Ormai sta diventando parte di me, dei miei pensieri e delle mie azioni. Ogni parola o rumore ho paura che possano preludere a qualcosa di tremendo. Paura non solo del violento, dell'incertezza del futuro, ma anche della società, dello stato, delle persone che tentano di ridurci al silenzio e ci accusano invece di appoggiarci e di difenderci, costringendoci a nascondere, a nasconderci, a stare zitte nell'omertà anche per evitare giudizi troppo affrettati e non lusinghieri che fanno più male dei pugni e segnano psicologicamente. Paura perché non ci sentiamo difese in nessun ambito, bensì biasimate, imputate, rimproverate, additate, giudicate. Paura persino di sognare e sperare, di capire e di vivere, persino di ridere con spontaneità.
Galimberti parlando della paura diceva che è: "Un'emozione primaria di difesa, provocata da una situazione di pericolo che può essere reale, anticipata dalla previsione, evocata dal ricordo o prodotta dalla fantasia."

Sono d'accordo con lui, ma secondo me la paura, come ho imparato a conoscerla io nell'ultimo periodo, è qualcosa di molto più complesso. Non è più solo un'intensità emotiva come l'apprensione, la preoccupazione, il timore, l'inquietudine, ma inizia a sconfinare in una polarità patologica che va verso il terrore, il panico e talvolta rasenta la pazzia, prodotta forse anche dalla fantasia, tuttavia, una fantasia evocata da qualcosa fin troppo reale. La mia paura sta diventando non più solo una sensazione per una situazione imprevista, bensì una condizione quasi costante che mette radici profonde, che impregna e stravolge tutto, sfocia nel futuro e non me lo posso permettere. È quasi sempre accompagnata da un senso di spiacevolezza, dall'idea allettante di lasciare tutto, mi porta ad accarezzare sempre più un desiderio di fuga anche mentale isolandomi quasi dalla realtà. Mentre prima cercavo la vicinanza di Angelo, le sue carezze, i suoi abbracci, i nostri dialoghi chilometrici, la complicità ora è il contrario. Schivo ogni situazione che intuisco possa sfociare in un pericolo per me e tutto ciò mi fa stare ancora peggio mettendomi in uno stato di precarietà, come se vacillassi costantemente sopra un orrido sul punto di cadere sul fondo. La continua ansia e la tensione talvolta mi portano a paralizzarmi non solo a livello fisico, bensì anche a livello mentale portandomi a ripercorrere sempre gli stessi tetri pensieri con perseveranza.

No, io non cerco violenza, inseguivo la serenità, l'amore e una vita tranquilla, eppure, la violenza ha raggiunto anche me, ormai ogni giorno, ora; ero solo una donna innamorata, realizzata sotto ogni aspetto, professionale e affettivo, felice di vivere la sua vita col proprio uomo innamorato e mi è difficile capire come mai sono diventata una donna impaurita, soggiogata, minacciata, tremante, violata. Dov'è finita la ragazza spensierata che dal divano incitava le donne abusate di alzare la testa con coraggio, di mettere fine a una relazione insana, di denunciare, chiedere aiuto...? Dovrei ascoltare i miei consigli e metterli in atto. A chi potrei chiedere aiuto io, alle amiche, alle associazioni per le donne maltrattate, ai ricoveri, alla polizia? Che cosa farebbero se inviassi loro le mie foto con i miei nuovi trucchi multicolor con tutti gli effetti speciali? Cosa farebbero per difendermi nella mia intimità, come eviterebbero praticamente che Angelo mi faccia del male? Esacerbando le sue manie e la sua violenza, imponendogli di starmi lontano, arrestandolo? E dopo? Come fermarlo anche se dovessi fuggire lontano da lui? Chi ha fermato tutti quegli uomini che si sono macchiati le mani col sangue delle loro donne? La mia fiducia di cambiare qualcosa non solo inizia a vacillare, è sempre più labile, eppure intuisco che se vorrò superare il baratro che mi si apre dovrò iniziare a coltivarla e rinvigorirla, ne avrò bisogno per lottare perché se mi lascio andare e mi scoraggio ho già perso in partenza e nessuno potrà aiutarmi. Dovrò iniziare a ritrovare con umiltà la persona decisa per permettere ad altri di aiutarmi a superare i miei traumi. Chi dall'esterno capisce realmente quanto una donna abusata si senta indifesa, spaesata e infelice nella propria casa, in quello che avrebbe dovuto essere il luogo della serenità, del rispetto e della fiducia e diventa invece un inferno che t'impedisce persino di pensare coerentemente e talvolta di pensare? Solo chi ha vissuto sulla propria pelle questa realtà e, comunque, ogni situazione è diversa dall'altra perché ogni donna è differente nel difendersi e nel giustificare. Io alterno momenti di fragilità, di pessimismo ad altri di forte reazione e voglia di lottare, di paura e coraggio, delusione e orgoglio, pianto e forza.

In questa società che dovrebbe difendere i diritti di tutti, troppo impegnata a guardare sempre avanti, troppo di corsa da non vedere e lasciare indietro i bisogni dei singoli, tutti si pongono troppo poche domande non considerando i retaggi culturali errati preferendo evitare domande approfondite sgradevoli per non dover dare risposte adatte.

Sento crescere in me, giorno dopo giorno, l'angoscia e la sfiducia, figlie del fatto di non potermi rivolgere a qualcuno che possa veramente aiutarmi e liberare la mia anima da questo peso eccessivamente grande. Come vorrei che mamma e papà fossero ancora con me. In questo momento mi sento debole, fragile, vinta, ma non sarà sempre così, mi rialzerò e oserò guardare avanti.

Prima o poi arriva per
tutte il momento
in cui devi decidere
se vuoi essere la principessa
che aspetta di essere
salvata oppure la guerriera
che si salva da sé.
Io credo di avere
già scelto, mi
salverò da sola.

Nessun dialogo è più possibile ormai tra me e Angelo. È ormai concluso il periodo dei pianti, delle giustificazioni e delle scuse, dei mazzi di fiori recapitati a casa e hanno vinto le accuse, lo scherno, le minacce che accompagnano costantemente le percosse e le violenze. Un'altra sua arma è il silenzio pesante più di una montagna e non inteso come tristezza o richiesta di aiuto. Non conto più le costole incrinate e fratturate, gli ematomi, i tagli… mi ha persino fratturato un braccio, frattura composta che ha steccato lui facendosi guidare da un tutorial, per impedirmi di andare in ospedale dove, ha detto, hanno altro da fare che pensare a una sciocchezza simile. Per un attimo, solo uno, mi sono chiesta anch'io, come tante altre penso, se non fosse davvero tutta colpa mia come dice lui. No! No, non lo è; come può essere?! Non posso farmi questo. Anche se fossi la moglie peggiore del mondo non sarebbe comunque mia la colpa del suo comportamento violento e possessivo, non lo è perché ci sarebbero decine di altri modi per affrontare il problema anziché ricorrere ai pugni e ai calci e traumatizzarmi. Non lo è perché lui è, o dovrebbe essere, un essere razionale e pensante, non lo è perché ogni tipo di violenza è ingiustificabile e indifendibile. Non riuscirà a mettermi contro me stessa, giustificando i suoi atti irrazionali e insostenibili. Comunque, in un momento in cui sembrava più calmo e falsamente benevolo ho tentato di affrontare ancora un dialogo sulla nostra situazione e su ciò che gli è sfuggito di mano, memore delle tante volte in cui ci siamo confrontati in passato. Ho tentato di sviscerare e capire con lui il perché di un cambiamento così atipico, se per noi ci fosse anche una piccola o grande possibilità di poter raccogliere i cocci del nostro rapporto, incollarli e, se pur con difficoltà, perché le cicatrici sono tante, e non parlo solo di quelle sul mio corpo, tentare di tornare quelli di una volta, iniziare perlomeno a parlare e capire il perché tutto è precipitato così. Ho avanzato anche l'idea di farci seguire da un professionista, un consulente specializzato che possa aiutarci a vedere chiaro in noi, in lui, perché non riesco a capacitarmi che la persona che ho sposato possa essere diventata così diversa, un mostro oserei dire, in pochissimo tempo. L'ho riportato ai nostri bei giorni trascorsi uniti, a come stavamo bene insieme prima della sua aggressività, alle nostre ore d'amore, alle risate complici, ai dialoghi, alla condivisione, al rispetto, ai suoi splendidi voti nuziali che mi avevano commosso...

"Per tutta la vita
ho dovuto combattere...
ma non avrei mai
pensato di dover
combattere in casa mia."

(A.W.)

16-4-2020

Lo scoppio di urla, accompagnati da schiaffi che sono seguiti alla mia proposta e richiesta di aiuto non avrebbe dovuto sorprendermi e, invece, ancora una volta sono rimasta allibita e offesa. Penso che ormai non ci sia più sul mio corpo un punto che non sia dolente e che abbia il suo colore originale, non so quale parte di me sia più colpita se il corpo, il cuore o la mente. Un consulente? Lo trova talmente offensivo che lo abbia proposto a lui, una persona così razionale e aperta, che ha dovuto farmelo capire a suon di schiaffi 'razionali' e, dopo che sono rovinata a terra dietro l'impeto delle sue percosse, anche a calci, urlandomi quanto sia patetica e ridicola. Lui è perfettamente normale, sostiene, sono io che ho bisogno di uno strizzacervelli e non lo capisco perché troppo occupata a piangermi addosso come una bambina. Lui mi ama come sempre e anche di più, sono io a essere cambiata, talmente tanto da non riconoscermi e la sua pazienza con me è infinita e se 'talvolta' arriva a maltrattarmi lo fa per me, per insegnarmi la realtà della vita che faccio difficoltà a capire e dovrei essergli grata.

No, è lui a non capire, lui pensa di sottomettermi picchiandomi, di portarmi a un ideale che ora vorrebbe diverso da quella che io sono, ma noi donne pur avendo qualche attimo di debolezza siamo

115

comunque forti e intuendolo non lo sopporta. Devo superare la paura che mi paralizza o pensare che sono fortunata solo perché riesco a vivere a stento.

No, Non gli sono grata di farmi sentire persa e debole e lui è prepotente proprio perché intuisce la sua vulnerabilità e l'insicurezza e sa che con tutta la sua violenza non riuscirà mai a piegarmi e farmi diventare sua succube e con gli occhi bassi. Io pur sognando dietro i libri e le poesie sono più forte di lui e non saranno i lividi e le cicatrici che mi provoca a impedirmi di pensare, a volare, anzi, non sa che saranno proprio quelli a portarmi a liberarmi di lui, del suo maschilismo e che mi imporranno a lottare per me non a essergli grata per i suoi abusi.

Era una ragazza semplice,
di quelle che sognano
dietro ai libri e alle poesie,
e se la vita poi è
carogna non importa,
una ragione per
sorridere la
trova comunque.
(A. Baricco)

Devo lottare per me, per la mia vita, la mia libertà e per il mio futuro, per difendere ciò che sono, per le mie idee, la mia dignità, la mia indipendenza, questo concetto è chiaro in me ogni momento e lo devo ribadire e perseguirlo con forza, nonostante tutto.

Ho deciso che lascerò Angelo, sarà il primo passo per ricostruire me stessa e non ci sono altre vie d'uscita. Sono diventata l'ombra di quella che ero, dolorante e più sofferente ogni ora che passa e capisco che è la mia sola possibilità di risolvere qualcosa: basta parlare, andarmene prima che la mia mente inizi davvero a vacillare o che accada qualcosa di peggio è l'unico modo di affrontarlo. È la decisione che avrei dovuto adottare da subito, come consigliavo con tanta arroganza alle donne con i visi tumefatti che vedevo in televisione.

Devo andarmene! Lasciare Angelo alla sua violenza, alla sua pochezza e alle sue idee ristrette. Io valgo molto di più di ciò che lui vorrebbe farmi credere e non ho bisogno di uno come lui.

Non oso più guardarmi allo specchio, sono una maschera di sofferenza, respiro con cautela per non sentire le fitte di dolore che le costole incrinate o fratturate mi mandano come spilli infuocati bloccandomi il respiro. Cammino lentamente come una vecchia appoggiandomi ai mobili solamente per percorrere pochi metri, sotto il suo sguardo cattivo, e non mi lamento per non essere tacciata di vittimismo mentre vorrei tanto urlare e dirgli che mostro sia diventato. Faccio fatica a lavarmi, pettinarmi è una sofferenza ulteriore perché il pettine si blocca sui coaguli di sangue e sulle cicatrici strappandoli insieme ai capelli, vorrei mettermi sotto il getto della doccia per ore fino a scomparire con l'acqua stessa nel foro della doccia, persino lo scorrere dell'acqua sulla mia pelle mi fa male e lo faccio per non vergognarmi di me stessa e sentirmi ancora viva. Non ho, però, più quasi voglia di vivere, tuttavia, stringo i denti perché vivere e pensare a me dev'essere il motivo che mi sprona ad andare avanti. Non mi batterà, lotterò per me, perché ogni donna che lotta per sé stessa lo fa anche per tutte le altre donne violate, azzittate, umiliate, abusate sotto tutti i punti di vista, anche per quelle cui non intuivo ciò che dovevano veramente sopportare.

Il mio caro Angelo si comporta da persona ignorante e retrograda, eppure non lo è, è istruito, ha due lauree, è di buona famiglia; una volta era aperto e tollerante verso chiunque, generoso e compassionevole, eppure ora è diventato un uomo incapace di empatia, volto solo fare del male in modo molto fantasioso a me, sua moglie, che diceva di amare e che aveva promesso di rispettare per sempre. Non capisco come mai abbia perso la sua grande capacità di relazionarsi civilmente con un altro essere umano ed è diventato un'altra persona. È intelligente, eppure non così tanto da capire cosa ci sia di sbagliato nel suo approcciarsi con me, nel suo pensiero, nella sua mentalità, che cosa lo opprime privandolo della sua qualità più importante: pensare! E gli epiteti di cui mi gratifica diventano sempre più fantasiosi e crudeli. Fin dove potrebbe arrivare la sua cattiveria, mi chiedo? E soprattutto da dove arriva? Non credo più sia colpa della chiusura imposta per il problema sanitario. Mi sono convinta che in lui c'era già qualcosa di latente pronto a esplodere, con il quale conviveva da anni senza intuirlo o con cui era consapevole e che ha cercato di nascondere e sé stesso e dopo a me? Che cosa ha innescato questo repentino cambiamento caratteriale? Lui è orfano, non ha genitori, entrambi importanti professioni, morti in un incidente d'auto diversi anni prima del nostro incontro, e non conosco tanto del suo passato cui lui è sempre stato molto restio a parlare e io per discrezione non ho mai insistito a saperne di più. È figlio unico e non sono al corrente di parenti stretti che abitino a Roma non avendomi mai presentato nessuno se non amici. Ora m'interrogo su cosa nascondesse il suo sorriso smagliante che mi ha colpito già al primo incontro. Può essere un orribile segreto o si allinea con quella cerchia di maschi-padroni portati a seguire una mentalità ristretta tutta loro? Mi era sembrato così spontaneo, sincero, trasparente allora, nessun segno di traumi subiti, era solare divertente e rispettoso, è possibile che sia stata così cieca da non capire che nascondesse qualcosa di oscuro? È anche lui una vittima come me? Vittima o no ha sicuramente bisogno di aiuto, su questo non ho alcun dubbio. Non c'è bisogno di avere lividi addosso per averne bisogno, tuttavia io, con tutta la mia buona volontà, non sono la persona giusta per darglielo adeguatamente, cosa potrei fare per lui se non consigliargli un aiuto mirato che rifiuta? Lui dovrà capire e tendere la sua mano per salvarsi. No, io non posso lasciarmi trasportare da pensieri altruistici, questo non è il momento di pensare a lui, non ora, devo imparare anch'io a essere egoista e pensare a me. Riuscirò ad amare me prima di tutto? A momenti sono convinta di sì, altri non vedo soluzioni felici in questa storia, soffrirò se resto e soffrirò se vado via. In questo mio periodo storico, comunque, non è la felicità che cerco, bensì la serenità, la sicurezza, la sanità mentale che ho paura di perdere se resto ancora in questa casa insieme con lui. Andare via, sì certo, ma dove? L'ignoto mi spaventa e cerco di convincermi che non sarà sicuramente peggio del presente. Sono al corrente della presenza sul territorio di diverse associazioni, il telefono rosa, Case Accoglienza, centri di volontarie pronti a venire in aiuto delle donne bisognose, a Roma come in altre città, solo che il momento storico particolare rende tutto più difficile. Ciononostante, dovrò informarmi e decidere quali canali utilizzare prima che sia troppo tardi, prima che mio marito riesca a spezzare la mia forza di volontà e m'impedisca di pensare a me. Dovrò rincominciare a tirar fuori dal cassetto i miei sogni e, anche se non subito, iniziare a farli diventare realtà, non so quando sarà possibile, ma non li perderò mai di vista perché i sogni non hanno scadenza e tutto ciò che vorrò fare sarà plausibile, se ci crederò e voglio farlo. Sarà facile? No di certo, verosimile? Sicuramente. Devo crederci. Arriverà il giorno i cui io potrò iniziare a definire me stessa anche senza di lui, anzi, proprio perché lui non ci sarà.

Gli uomini hanno
paura che le donne
ridano di loro,
le donne hanno
paura che gli
uomini
le uccidano.
(M. A.)

18-4-2020

Eccomi di nuovo a usare la mia valvola di sfogo, almeno fino a quando non sarò fuori di qui e possa iniziare una vera terapia con personale specializzato pronto ad aiutarmi veramente. Non mi illuderò di non averne bisogno dopo ciò che sto vivendo. Oggi in un attimo di disperazione e di frustrazione mentre mi raggomitolavo in un angolo della camera nel tentativo di sfuggirgli ho urlato esasperata che lo odio e che voglio lasciarlo, andarmene via lontano, non vederlo mai più e scordare anche di averlo conosciuto, che mai avrei pensato come fosse realmente e che mi potesse toccare nemmeno con un dito dopo quanto di bello avevamo condiviso.

Angelo si è messo a ridere. Ridere! Proprio così! Una risata talmente feroce e gelida che quasi avrei preferito un altro calcio.

"Cosa?! Tu lasciarmi? E andare dove? Non sei nessuno senza di me e lo sai, sei patetica, una inutile nullità, ma sei la mia nullità perciò non se ne parla! Vuoi andartene e far sapere a tutti quanto succede qua dentro? Scordatelo tesoro mio, non ti conviene neanche pensarlo, hai già dimenticato che sei mia moglie, che hai giurato che mi saresti rimasta fedele e amato ogni giorno della tua vita, tu sei mia e lo resterai per sempre, non è contemplato il tradimento tra noi! Nessuno ti crederebbe, il tuo virus ti ha fatto uscire fuori di testa, esiste un solo modo per lasciarmi e lo sai, ti conviene smetterla!"

Solo questo ha detto, ed è anche troppo, poi agitando l'indice minacciosamente davanti al mio viso come fossi una bambina cattiva, guardandomi con occhi di fuoco che parevano voler schizzare dalle orbite, ha urlato e si è voltato. È andato a sedersi sul divano, ha sollevato le lunghe gambe, appoggiando i piedi sul bracciolo e con tutta la calma del mondo ha afferrato un libro e si è messo a leggere quasi la vita nel nostro appartamento scorresse felice e serena e lui non avesse il benché minimo pensiero. Si è comportato per ore come se io non esistessi, ignorandomi per provocarmi un senso di colpa, lasciandomi sconvolta e terrorizzata. Non so che cosa fare! Sono al limite, sconvolta, dolente e mortificata, per un attimo ho avuto l'impulso di aprire la finestra e gettarmi di sotto! Com'è possibile che la sua perfidia mi abbia portato a tal punto, io che sono sempre stata un'innamorata della vita? Ho pensato di chiudermi in camera, comunque che cosa risolvo, se volesse sarebbe capace di buttare giù la porta e poi massacrami di botte solo per dimostrarmi che non gli posso sfuggire. Non c'è nessun posto in cui nascondermi in quest'appartamento che avevo visto così adatto a noi e tanto intimo, un nido d'amore. Certo un nido di spine! No, la soluzione è restare calma e indifferente come lui. Ho sbagliato a perdere la pazienza e rendere palesi le mie intenzioni; dovrò fingere che abbia capito che è meglio per me stare qui, portarlo a convincersi che abbia ragione e che ho abbandonato la mia insana idea di lasciarlo. Ero troppo esasperata, non sono riuscita a trattenermi e volevo anch'io ferirlo e farlo sentire precario. È stato un errore ora lo capisco. Sussulto ogni volta mi si avvicina, e mi si spezza il fiato anche quando mi chiudo bagno e sento i suoi passi andare avanti e indietro fuori dalla porta, aspettandomi da un momento all'altro che urli e la butti giù con una spallata. Pensa che possa andarmene dalla finestra anche se stiamo al quinto piano? Certo non ha il timore che io possa fare un volo per sfuggirli, mi reputa troppo paurosa e codarda o forse pensa che in fondo al mio cuore, io non riesca a farlo perché tengo troppo a lui e nonostante le mie parole lo amo come sempre.

Chiamare la polizia? Forse potrebbero anche credermi vedendo i miei lividi, potrebbero portarlo in cella per qualche giorno, o anche no, e poi? Che cosa succederebbe al suo rilascio? Non potrei restare in questa casa, dove mi troverebbe facilmente, dunque, ho bisogno di un altro posto. Dovrei far perdere le mie tracce, scomparire, ma ho bisogno di tempo. Non devo avere ripensamenti, programmare la mia fuga allontanarmi da lui, rendermi irrintracciabile.

Quando è venuto a letto, prima di carezzarmi mi ha sorriso con quella che lui pensava fosse tenerezza e mi ha sussurrato:

"Vedi cara, ti perdono per quello che hai detto e non te ne voglio, io ti capisco, il periodo è brutto per tutti,

anche per te, ma non provare più a ripetere una cosa simile..."
E la sua finta tenerezza è scomparsa dal suo viso...

Tanto assurdo e
fugace è il nostro
passaggio per il mondo,
che mi rasserena
soltanto sapere
che sono stata autentica,
che sono riuscita
ad essere quanto
più somigliante a me
stessa mi è stato
concesso di essere.

(F.K.)

Non mi tocca da tre giorni dopo la mia sfuriata esasperata. Angelo dorme in salotto sul divano e questo brusco cambiamento della routine, invece di tranquillizzarmi, ha aumentato il mio terrore nei suoi confronti. Penso voglia essere certo che non scappi durante notte e dal salotto è convinto di sentirmi passare e aprire la porta d'ingresso. Non riesco quasi a chiudere occhio, cado in un dormiveglia straziante, sempre attenta ai rumori che provengono dal salone, trattengo il respiro quando lo sento muoversi o alzarsi e sento gli artigli della paura che mi attorcigliano le viscere e salgono lentamente dentro me fino a invadermi tutta e raggiungere il cervello al pensiero che possa entrare in camera e uccidermi come ha minacciato neanche troppo velatamente. Certo, uccidermi perché io no? Sono convinta che possa farlo, ciò che ho visto nei suoi occhi non aveva nulla dello sguardo amorevole, razionale della persona innamorata che ho sposato; era quello di un pazzo, un esaltato che non riconosco più e l'alcol non aiuta. Poi ha avuto anche la clemenza di perdonarmi per le mie parole, potrei chiedere di più? I pochi minuti di sonno per me, diventano incubi pieni di terrore, nei quali lui, truccato da pagliaccio, mi insegue con una risata folle, mi afferra per i capelli, mi butta a terra e mi spara in testa ridendo. Non abbiamo armi in casa, non da fuoco, perlomeno, ma i tanti coltelli affilati che a lui piace usare quando gli va di cucinare mi atterriscono molto di più. Morire per mezzo di un coltello mi terrorizza più che per una pistola.

Talvolta mi chiedo chi, se arrivasse a tanto, verserà lacrime sulla mia bara. Forse nessuno, come è successo ai miei, portati in un deposito in attesa di essere cremati. Non ho fratelli né sorelle, solo le amiche e gli amici, i conoscenti che non sanno assolutamente niente della mia tremenda situazione e che resterebbero sorpresi leggendo di me su un quotidiano o su internet. Nessuno mai crederà che Angelo sia un violento, la sua fama di perfetto gentiluomo è risaputa e più volte mi sono sentita dare della 'donna fortunata'. Quanti penserebbero che ho provocato in malo modo quell'esempio di perfetto gentiluomo, che me la sono cercata, che chissà cosa io abbia fatto per farlo arrivare a compiere un simile gesto, altrimenti una persona per bene come lui non sarebbe mai giunta a tanto. Fortunata, certo, lo pensavo anch'io e anche amata, rispettata, felice e serena. Mi vedessero ora, la mia fortuna, se pure c'è stata, ha subito un crollo vertiginoso, si riduce a riuscire ad arrivare alla mattina e riaprire gli occhi, e talvolta, anche questo non è facile tanto sono gonfi, e sperare di avere un giorno migliore. Ho il vago sospetto che la sua decisione di non picchiarmi, ora, sia un piano ben architettato. Forse aspetta che scompaiano i lividi, gli edemi e i tagli così, pur rivolgendomi a qualcuno accusandolo di maltrattamenti, io non possa esibirne le prove e lui può negare e contrattaccare. Non sa delle foto e filmati, corredati da date, che rivelano crudamente e chiaramente, tutti i punti dove lui ha avuto la fantasia di colpirmi; basteranno? Certo non potrà accampare la scusa che ho avuto un incontro molto ravvicinato con porte, pavimenti e pareti vista la varietà delle ferite e dei numerosi posti colpiti. Oltre che violento è anche furbo, però, e probabilmente sta già pensando a un modo per venirne fuori pulito nel caso lo denunciassi davvero.

Tutte le donne diventano
come la loro madre.
Questa è la loro tragedia.
Gli uomini non diventano
come la loro madre.
Ed è questa
la loro tragedia.
Oscar Wilde

21-4-2020

Ancora tutto calmo, stasera mi ha persino rivolto la parola col sorriso sulle labbra quasi non fosse accaduto mai nulla di brutto e lui si fosse comportato come il miglior candidato a marito dell'anno. Che il mio ragionamento abbia davvero trovato la strada per arrivare al suo cuore e abbia capito i suoi errori sentendoseli sbattere in faccia? Ho quasi paura a sperarlo. La mia volontà di andarmene e denunciarlo inizia a vacillare, tuttavia, non devo impietosirmi, dopo quanto ha fatto non può esserci più nessun futuro da scrivere insieme per noi. Lo lascerò comunque, e la mia strada non dovrà mai più incrociare la sua. Potrei anche decidere di non denunciarlo, ma per quanto riguarda lasciarlo nessun ripensamento da parte mia La mia autostima e la mia vita sono quelle che devo cercare di recuperare e preservare e non permetterò che nient'altro mi faccia deviare dal mio obiettivo finale. Ogni sua parola, ogni suo atto nei miei confronti ha lasciato una scia di increspature che si allargano lentamente lasciando movimenti permanenti e dolorosi che niente riuscirà ad annullare o a farmi dimenticare. Non posso più pensare di stare con lui neanche se si facesse curare, vivrei nel continuo terrore che all'improvviso un giorno potesse rincominciare e potrei non essere più fortunata come lo sono stata finora. Fortunata! Viene a galla sempre questa parola e mi viene da ridere a usarla. Fortuna! Qual è stata la mia fortuna in tutto questo tempo, quella di essere ancora viva? Ridicolo! Come cambiano le percezioni delle cose in base a ciò che accade nella nostra vita. Essere ancora viva, non massacrata, non uccisa per mano di un marito violento diventa una fortuna, non un diritto cui hanno facoltà tutti gli esseri umani.

Per questo pensiero così splendido devo ringraziare il nostro mondo moderno, per come difende le donne a oltranza contro tutti dando loro speranza e sicurezza a tutto tondo, tutte le persone che hanno contribuito negli anni alla costruzione di una cultura volta a che noi donne ci sentissimo più protette e sicure, libere di girare per le strade a qualsiasi ora non armate e stare in casa con fiducia anche senza bisogno di 'fortuna', è questa la realtà? O che invece ci ha rese consapevoli e vuol convincerci che se un uomo ci maltratta o uccide è perché è solo colpa nostra perché non ubbidiamo, non stiamo alle regole imposte da loro, perché non chiniamo gli occhi, non ci sottomettiamo, non andiamo in giro coperte da capo a piedi come le nostre nonne, perché rispondiamo a tono e permettiamo al nostro cervello di pensare autonomamente? Faccio del sarcasmo certo, non ho diritto neanche a questo? Non posso accettare il fatto di essere viva come un episodio, un inciso fortunato, per un puro caso della vita, perché mio marito non mi ha ucciso, ha deciso di non farlo ancora o di farlo più lentamente. Non posso accettare che in silenzio passi il messaggio che la morte di una donna per mano di un uomo dipenda da altre cose che esulano da lui, quasi giustificando il suo atto, nulla può giustificare un maltrattamento nei confronti di una donna, una violenza o un femminicidio e sono convinta che nulla cambierà finché tutti non saremo consapevoli di questo. Ognuno è responsabile delle proprie azioni e dire che sono influenzabili per giustificarsi è ammettere già di essere in torto. Tra noi, me e Angelo, prima, il diritto alla parità era talmente palese che discuterne era superfluo, lui era più femminista di me, difendeva la donna e il suo mondo a oltranza e ora mi trovo a vivere con un maschilista che cerca di zittirmi se tento di dire qualsiasi cosa che non sia di suo gradimento, ignorarmi per punirmi e ritiene giusto colpirmi e violentarmi quando gli pare o ne ha voglia, quasi fosse il mio signore e padrone dei tempi feudali, tenendosi tutti i privilegi, i diritti che lui nel tempo ha acquisito e che invece, per noi povere donne esistono solo sulla carta e spesso neanche lì, ancora.

Ogni amore è fatto

di sacrifici,

gesti che l'altro

non conosce

subito e che,

talvolta, non

conoscerà mai

direttamente.

(J. Lynch. Sacerdote)

21-4-2020
Ore 23,30

Il giorno del compleanno di Roma è arrivato e terminato, nessuna festa naturalmente è intervenuta a festeggiarlo, ancora troppo brutta la situazione in città come altrove, anche se s'inizia ad avere un filino di speranza in più. Solo un anno fa siamo stati insieme al centro della città a seguire la processione degli antichi romani lungo i Fori Imperiali, fino alla statua del grande Giulio Cesare, ultima tappa della cerimonia. Era stata una giornata bellissima per noi, eravamo felici, allegri, sposati da pochi mesi e tutto il mondo sembrava felice per noi e con noi. È passato solamente un mese da quanto ho iniziato a scrivere queste righe, eppure, sembra siano trascorsi anni per le novità, non certo positive, che questi giorni hanno portato nella mia vita, cambiandola completamente e portandomi addirittura a considerare il fallimento totale del mio matrimonio che mai avrei neanche immaginato solo pochi mesi fa, neanche nelle mie più fosche previsioni. Eppure, è così: intendo andare via da questa casa che da nido d'amore, è diventata un inferno dantesco popolato da mostri e incubi, per poi chiedere subito la separazione da mio marito, augurandomi di non vederlo mai più. Qualcosa di infernale sì, è diventato il grandissimo amore che ci aveva unito, scacciato a suon di pugni e calci, costellato da parole umilianti, mortificanti e offensive, dall'indifferenza e la violenza

137

verso di me, dalla violazione dei miei diritti e della mia dignità, che un uomo si è divertito a calpestare.

Ho trovato su internet il numero del telefono rosa, 1522, quello dedicato alle associazioni e alle case per donne vittime di violenza. In casa non posso parlare liberamente, ho troppa paura che Angelo mi senta e scateni nuovamente la sua violenza. Appena posso invierò la mia richiesta di aiuto corredata dalle foto più significative, tuttavia, uscire per me è diventato difficile perché non ho neanche la scusa di andare a fare la spesa che Angelo mi obbliga a ordinare online. Pochi giorni non sono bastati e i segni degli abusi subiti non sono scomparsi e dovrò trovare una scusa plausibile per uscire, inoltre prego che durante la pandemia in una casa accoglienza mi accettino senza troppi problemi. Sono all'oscuro di tutto, è un mondo che non avrei mai pensato di esplorare neanche nei miei incubi peggiori. Non importa, se dovessi trovare difficoltà e non potessero aiutarmi non mi fermerò e me ne andrò comunque, cercherò un posto qualsiasi, una locanda anonima che non si faccia troppi scrupoli e mi accolga dietro lauto pagamento. Appena potrò sgattaiolare, andrò via da questo appartamento dove la serenità, l'amore e soprattutto il rispetto che ci avevano uniti, sono solamente un ricordo lontano. Non so più se quei due giovani sereni e felici soltanto di tenersi per mano e farsi una semplice carezza eravamo noi, talmente felici di stare insieme in silenzio e che si amavano alla follia. Dove sono andati se davvero sono mai esistiti?

Il comportamento di Angelo è nuovamente cambiato, quando non lavora al computer, al quale dedica sempre meno tempo, passa ore in silenzio sul divano a guardare il nulla, con un bicchiere in mano, il vino non basta più, rimuginando su chissà quali complotti messi in atto contro di lui, da chissà quali invisibili nemici o forse cercando e pregustando un modo per ridurmi all'obbedienza. Ha raggiunto ormai un abbruttimento tale che fatico a riconoscerlo, anche fisicamente è diventata una persona completamente diversa. Mi fa orrore, ribrezzo, la delusione che provo è sempre più forte, non sento per lui più nessun sentimento se non sfiducia, incredulità e ne ho ben donde. Mi ritrovo appieno in quelle donne che sono rimaste vittime dei loro mariti, capisco l'indecisione di avanzare un'accusa, di una denuncia, la paura sempre costante giorno e notte, l'incertezza del futuro, la speranza che qualcosa potesse cambiare per loro ogni volta che aprivano gli occhi e rendersi conto che tutto poteva solo peggiorare. Mi rendo conto che vivere situazioni di questo tipo, con la paura come costante compagna dei propri giorni, è totalmente diverso che vederle rappresentate in tv. Il dolore di una persona è esclusivamente di chi lo vive, di chi lo indossa e lo porta con sé ogni momento, con dignità, sofferenza e paura; chi osserva, chiunque esso sia, non potrà mai comprenderlo appieno finché non lo avrà provato e vissuto addosso a sé. Ci sono persone che per imparare a volare devono prima toccare il fondo, io credo di essere pronta a volare, ora. Non sono preda della sindrome di Stoccolma, non ho dipendenza affettiva, non mi identifico col carceriere né nego la perfidia dei suoi atti.

Domani chiamerò la casa di accoglienza. Troverò il modo.

L'uomo e la donna
sono due scrigni
chiusi a chiave,
dei quali solo uno
contiene le
chiavi dell'altro!

(K.B.)

"Che cosa stai facendo Chiara, mi stai nascondendo qualcosa è così? A chi telefoni di nascosto, fammi un po' vedere?"

Angelo mi è arrivato silenziosamente alle spalle senza che mi rendessi conto. La sua voce gelida e tagliente mi ha fatto sobbalzare e, pressata dalla sua prestanza fisica, sono finita contro lo spigolo della porta procurandomi un altro livido sopra l'occhio sinistro. Cercando dentro di me una calma allo stremo, per non mettermi a urlare e con un sangue freddo che ero lungi dal provare, ho mosso appena il dito per cancellare il numero che stavo componendo, mentre pensavo dormisse.

"N... niente, che dici non ti nascondo nulla, stavo solo per chiamare Delia per sapere come sta sua madre, lo sai che anche lei ha il covid no, spero stia meglio."

Delia, una mia amica la cui madre si è ammalata di covid e sta in terapia domiciliare. Spero a lei vada meglio che ai miei, sono molto affezionata alla donna che è per me come una zia e che è stata sempre molto legata alla nostra famiglia. Con uno scatto fulmineo Angelo mi ha bloccato e mi ha strappato il cellulare di mano facendolo letteralmente volare lontano, nella fretta.

"Ehi, ma che fai sei imp..."

Si è rigirato verso di me con il pugno chiuso pronto a colpirmi in pieno viso, poi l'ha aperto e mi è arrivato uno schiaffo non forte come i soliti con cui mi gratificava, avvicinando quindi la bocca al viso e soffiandomi addosso un alito che sapeva di alcool ha sussurrato:

"Impazzito... volevi dire è così, dove è finito il tuo rispetto per me?"

E raccogliendo il telefonino aperto e rimettendolo in sesto ha continuato con voce gelida.

"Dovrò insegnarti le buone maniere tesoro e, se qui - ha detto agitando il cellulare- trovo ciò che penso, c.... ti converrà scappare, solo che non troverai il più piccolo buco di culo dove nasconderti qua dentro!"

Il suo modo di chiamarmi tesoro mi ha fatto venire i brividi facendomi rizzare tutti i peli. Non c'era un'ombra di affetto nelle sue parole, solo un gelo mai sentito. Tremante l'ho guardato senza abbassare gli occhi. Anche il turpiloquio e anche questa è una novità, Angelo non aveva mai detto parolacce prima davanti a me, ho sempre odiato gli uomini volgari, chi ricorre alle oscenità per esprimersi, chi non riesce a parlare senza intercalare il discorso di parolacce come per dar più enfasi o decisione alle proprie parole. Lui non ne ha mai avuto bisogno, ha sempre avuto un eloquio facile e forbito e non è mai trasceso in nessun modo con nessuno, neanche quando era arrabbiato. Mi chiedo ancora da dove sia uscito questo Angelo che mi trovo vicino ora, non lo conosco, non è l'uomo che ho sposato e amato, è una persona che non avrei degnato di uno sguardo, se lo avessi visto com'è realmente, la prima volta che l'ho incontrato, e ora non lo voglio e non lo stimo più. Non avrei mai potuto innamorarmene perché la componente scurrile, abbinata alla violenza sia verbale sia fisica, è ciò che ho sempre odiato in qualsiasi persona donna o uomo. La violenza è la cosa più in assoluto al mondo che mi fa paura, che aborrisco, perché irrazionale, orribile, la base di tutti i mali. Ricordo un pomeriggio poco prima di sposarci avevamo assistito a una scena incresciosa a Villa Borghese.

Due giovani fidanzatini, sui sedici diciassette anni, litigavano e il ragazzo aveva alzato la voce con lei, spaventatissima, e la aveva spintonata malamente, alzando il braccio per colpirla. Angelo col sorriso sulle labbra era intervenuto bloccandogli il braccio a mezz'aria e dicendogli:

"Ehi, ehi, calmiamoci, va bene? È una bellissima giornata, il posto è stupendo, state insieme, non sarà nulla che non si possa risolvere con le parole e un sano confronto cosa ne dici?"

Il ragazzino aveva ritirato il pugno con rabbia, negli occhi torvi era passato un lampo di collera, pronto a rispondere a tono, poi come ripensandoci, osservando la ragazzina che aveva le lacrime negli occhi impauriti aveva abbassato il braccio.

"Sì, forse hai ragione, "papà" - aveva detto in tono di scherno per rimarcare la differenza di età-, sì noi…

parleremo... come facciamo sempre no, grazie, tu la prossima volta, però, fatti i cavoli tuoi."

Il ragazzo, quindi, aveva afferrato malamente la mano della fidanzatina e la aveva strattonata via scomparendo dietro l'orologio ad acqua, dove con molta probabilità si era ben guardato dal confrontarsi con lei a parole e aveva dato seguito alla sua collera in altro modo. Angelo riprendendo la mia mano aveva scosso la testa ed io ero rimasta molto amareggiata dal comportamento di quel ragazzino sperando che lei lo lasciasse. Cosa poteva aspettarsi in seguito se già si comportava in quella maniera?

"Che razza di delinquente, ma come si fa a trattare a quel modo una bambina così carina col viso talmente innocente..." Aveva sbottato Angelo.

"Vuoi dire che se fosse stata brutta e col viso non innocente il ragazzo sarebbe stato giustificato, poteva tranquillamente picchiarla e non saresti intervenuto?"

Lo interruppi in modo scherzoso, ma neanche tanto. Ricordo che Angelo mi aveva guardato sorpreso.

"Ma no, che dici tesoro! Certo che no, era così per dire, lo sai come la penso: per me la donna 'è un essere straordinario che vola in un'orbita diversa e più alta da quella di noi uomini e dunque anche al di fuori della mia orbita di rabbia, non mi sognerei mai di alzare le mani su una di loro. Bella o brutta non fa differenza e così dovrebbe essere per tutti."

Potevo non amarlo? Rappresentava tutto ciò che avevo sempre desiderato, un uomo che rispettava le donne! E ora? Chi era costui che mi guardava in

cagnesco, minacciandomi mentre controllava le mie ultime telefonate sul mio cellulare 'privato' mentre con un braccio cercava di tenermi lontana per impedirmi di riprendermelo. Per fortuna, a parte le foto e i video di me devastata in galleria, che non controllò, non avevo chiamate compromettenti che potessero fargli capire le mie intenzioni di abbandonare lui e l'appartamento. Buttandomi contro il telefono, non avendo trovato nulla, mi ha gratificato con una spinta contro la porta e uno schiaffo e infine agitandomi l'indice davanti alla faccia ha sibilato:
"Tanto per farti capire chi comanda qui, nel caso ti fossi fatta un'idea sbagliata, cara."
Nient'altro, ma è già troppo per me e mi aiuta a non farmi desistere dall'idea di andarmene al più presto. Se avesse notato la documentazione delle sue opere le avrebbe sicuramente cancellate e dopo avrei avuto la punizione che 'merito'. E io che cosa deciderei se fossi un giudice per tutto ciò che mi ha fatto a livello fisico, psicologico e affettivo? Deciderei che non è colpevole perché uomo o gli darei l'ergastolo?
È arrivato il momento di inviare tutto e cancellare, la mia 'fortuna' potrebbe iniziare a decidere che ne ho avuta già troppa e lasciarmi per andare a occuparsi di qualche altra donna. Aspetterò che si addormenti.

Essere donna è
terribilmente
difficile, perché
consiste
soprattutto
nell'avere
a che fare
con gli uomini.
(Joseph Conrad)

Quello che è successo mi ha reso più cauta. Oggi Angelo ha controllato nuovamente il telefonino nel caso la lezione di ieri non fosse stata sufficiente e avessi chiamato qualcuno di nascosto. Non ho chiamato nessuno, tuttavia ho inviato per sms, i filmati e le foto, pregando di non richiamare e che mi sarei fatta sentire appena possibile. Sarei stata pazza e poco intelligente a non cancellarlo, no? Probabilmente l'alcool non lo fa ragionare al meglio e gli ottenebra la mente, purtroppo tale condizione non è favorevole neanche a me. Oggi dopo un bel po' sono andata nuovamente a fare spesa, per rassicurarlo gli ho chiesto di accompagnarmi, mi avrebbe fatto piacere andare insieme, anzi avrebbe fatto bene a entrambi uscire un po'.

"No, se proprio devi vai, mi basta controllarti col satellitare. Prima cambiati, indossa qualcosa di meno vistoso e non fermarti a parlare con nessuno e… e sistemati un po' quella faccia, potresti spaventare i bambini, sembri una zombi col trucco sei brava mi sembra, o indossa gli occhiali scuri."

Se il mio cuore non fosse stato ormai corazzato da tutte le cattiverie dette nell'ultimo periodo, mi avrebbe fatto male una volta ancora, solo che ormai c'è un muro tra di noi dove s'infrangono anche le sue cattiverie senza colpirmi. Stavo sulla porta quando con un due passi mi ha raggiunta per strapparmi la borsa, frugandovi dentro ha trovato e preso il cellulare.

"No! Questo, penso sia meglio lo tenga io, cara."

Con un sorriso beffardo.

"Ma..."

E a nulla naturalmente sono valse le mie proteste che avrei potuto averne bisogno. Se pensava di mettermi all'angolo si sbagliava. Al supermercato ho chiesto il favore di usare un telefono alla responsabile che mi conosce da anni, spiegandole che era un'emergenza. Mi sono offerta di pagare la telefonata e lei è stata cortese da rifiutare. Il 1522 mi ha risposto dopo due squilli e ho spiegato la mia situazione e il motivo per cui avevo già inviato le foto e in quale contesto vivevo. Una persona comprensiva e disponibile mi ha detto che, nonostante il particolare momento se ritenevo fosse un'emergenza, potevo andare da loro anche subito e in seguito anche denunciare mio marito se avessi voluto, tuttavia, non obbligavano nessuno ed era presto per parlarne, lo avremmo fatto con calma quando fossi stata là. La prima questione da affrontare era abbandonare l'appartamento e il marito violento, poi si discuteva del resto. Loro miravano a dare asilo e aiuto alla donna abusata, in differenti maniere. Naturalmente per sicurezza avrei dovuto effettuare un tampone per controllare che non avessi un'infezione in atto ed effettuare la quarantena obbligatoria per legge, presso di loro, quando fossi arrivata.

Oltre l'accoglienza, ho letto sul loro sito, come procedura d'urgenza, per ogni donna, in base alla violenza subita viene costruito un percorso terapeutico e sostegno personalizzato con specialisti fino all'inserimento lavorativo, se non esistente, purtroppo non facile in periodo di pandemia. Io il lavoro posso svolgerlo da casa e riguardo l'alloggio futuro per me il problema non sussiste in quanto posso disporre della casa dei miei, o venderla e acquistarne un'altra in altra zona, per sfuggire alla vendetta di Angelo.

Una donna intelligente
ha milioni di nemici:
tutti gli uomini stupidi.

Se gli uomini fossero
belli e intelligenti,
si chiamerebbero
donne.

23-4-2020
Ore 23

Dopo aver preso l'importante decisione che ne va della mia vita e che cambierà per sempre anche quella di Angelo, mi sento diversa: più leggera con un misto di paura e sollievo! Insicurezza, timore e speranza in un futuro migliore senza più nulla di distruttivo. Anche sofferenza, senso di fallimento e d'impotenza per la consapevolezza del frantumarsi di un matrimonio bellissimo nel quale avevo investito tutta me stessa fisicamente ed emotivamente e nel quale credevo fermamente. Qualcuno mi aiuterà: mi sento euforica e al contempo fremo d'ansia e timore che tutto non possa avverarsi, che all'ultimo minuto Angelo scopra cosa voglio fare e m'incateni in casa. Dal momento in cui abbandonerò questo appartamento dovrò affrontare una vita completamente diversa e non riesco assolutamente a immaginare quale e come sarà, ma non tale da farmi rimpiangere ciò che lascio. Per fortuna con l'eredità dei miei, della quale avrei volentieri fatto a meno in cambio della loro presenza e del loro sostegno in un momento simile, i soldi non mi mancano, inoltre ho anche il mio conto personale, la loro casa. Devo essere pragmatica e realistica, mi aspettano mesi, forse anni, durissimi sotto ogni aspetto. Non sarà facile una volta che mi sarò chiusa la porta alle spalle, tuttavia, nulla di quello che verrà sarà peggio di ciò che ho vissuto ultimamente qua dentro. Chiedere la separazione, il divorzio, affrontare un processo, se ci sarà, i confronti con Angelo e le sue accuse, perché non m'illudo che non ce ne siano, i suoi sguardi feroci per aver gettato la sua vita privata e le sue debolezze in faccia all'opinione pubblica, forse i suoi urli, le sue minacce... niente sarà facile, ma ce la farò. Pur sentendomi un po' persa sono sempre più convinta di andare avanti con coraggio, facendo una radicale dicotomia tra il mio passato e il mio futuro. Spero con tutta me stessa, che potrà essere, sì difficile, ma anche migliore e sereno, con il sottofondo del dubbio che si possa superare un periodo così traumatico e tornare veramente alla serenità. Non voglio chiudermi alla vita, al mondo, devo avere la consapevolezza di meritare qualcosa di meglio e m'impegnerò perché mio marito non mi trascini giù in fondo al pozzo scuro delle sue pazzie e della sua mania. Non voglio vendetta, il mio tempo sarà anche troppo prezioso per usarlo cercandola, né voglio odiare nessuno, bensì, solo superare le mie delusioni, le mie amarezze, le paure e le incertezze e sfruttare il meglio gli insegnamenti avuti dalla mia tragedia che è la tragedia di decine, centinaia, migliaia di altre donne.

È incredibile, ma

ci sono uomini

che picchiano

le donne e continuano

ad andare in giro

come se fossero

uomini.

25-4-2020
ore 01,40

Stasera mi ha violentata di nuovo, sessualmente, in modo barbaro, brutale, cattivo, bestiale e siccome non riusciva a concludere, il suo furore e la sua perfidia hanno avuto il sopravvento e mi ha picchiata in maniera ancora più crudele del solito urlandomi, tra un pugno e uno schiaffo, che anche quello era tutta colpa mia, che lo deridevo apposta per farlo sentire meno uomo per invidia, perché sono solamente una donnetta senza valore e insoddisfatta della vita, perché non sono mai riuscita a ottenere nulla di buono da quando sono nata e sono solo una povera fallita.

A malapena, dopo, sono riuscita ad arrivare in bagno e tremante, ho dovuto appoggiarmi con la schiena alla porta per non cadere, un attimo di attesa perché il mio respiro tornasse normale dopo lo sforzo di arrivare fin lì e il dolore che mi attanagliava in ogni punto del corpo, le ondate di sofferenza, non solo fisica, poi lentamente, stringendo i denti per il dolore, perché ogni piccolo movimento mi causava delle fitte tali da farmi svenire, mi sono avvicinata verso lo specchio e mi sono appoggiata al piano di marmo rosa del lavabo osservando il risultato della battaglia unilaterale appena conclusa. Vedendomi ho portato un pugno alla bocca per impedirmi di urlare: sono un

mostro! La furia, la rabbia, e la perfidia scatenate su di me stavolta sono state più determinate e violente del solito; sono irriconoscibile. Un occhio sta già chiudendosi velocemente per l'edema e sta diventando livido, come avessi fatto un bel trucco adatto per carnevale, sul sopracciglio una ferita aperta e sanguinante sembra un sorriso agghiacciante e fuori posto, devo cercare di suturarla con i cerottini in qualche modo e, pure il labbro, spaccato da un lato sanguina e non ha niente, in gonfiore, da invidiare a quelli di alcune attrici che si sono affidate a chirurghi estetici poco etici o inesperti. Mi viene quasi da ridere al pensiero, osservandomi, e il labbro ferito di riflesso sanguina ancora di più, alcune gocce di sangue cadono sul tappeto, come rosse lacrime che urlano il loro dolore, quasi a testimoniare la mia nuova sconfitta. 'Solo fisica e temporanea', penso con rabbia stringendo i denti, pensando a quali passi compiere dopo quell'ultimo tragico epilogo di un amore malato.
"Puoi aver vinto anche questa battaglia Angelo, tuttavia, sarò io a vincere la guerra, te ne accorgerai, non mi hai battuto, malgrado tutto."
Piano, quindi, slacciandomi gli ultimi bottoni rimasti integri nelle asole della camicia di seta del pigiama, macchiata e strappata, l'ho lasciata cadere sul tappetino per ammirare anche sul mio corpo l'ultima opera grafica di mio marito con tutti i suoi effetti speciali. Ho soffocato un altro urlo, non solo di dolore, bensì di orrore stavolta. Estese chiazze rosso vivo e rosso più scuro coprono tutta la mia pelle, in alcuni

punti già edematosa, spaccata e tendente al livido. Graffi profondi e segni di morsi, sul seno sinistro ce n'è uno, simile a uno scarlatto fiore piangente, e non è l'unico, purtroppo. Altri vecchi ematomi di diversi colori accompagnano quelli nuovi. I miei capelli folti, solitamente in ordine, sono scarmigliati e arruffati come quelli di una zingara, istintivamente, vergognandomi, con un gesto della mano ho tentato di sistemarli, quasi potessi eliminare con quel semplice gesto tutto il mio dramma, inutilmente.

Un colpo di tosse mi ha costretto a piegarmi in due e soffocare un grido, portarmi entrambe le braccia sul torace per tenere a bada le costole doloranti, incrinate se non del tutto fratturate. Anche sullo sterno, come un fiore viola, si allarga sempre più un ematoma violaceo. Stavolta ha dato il meglio di sé più del solito il mio caro diavolo e andrà già bene se non ci saranno emorragie interne. È peggio di sempre e so già come finirà questa volta per me. Respirando lentamente, a fondo, ho afferrato il cellulare per scattare alcune foto dei punti più colpiti e, istintivamente, anche un video. Devo inviare tutto? Certo! Devo! L'invio provocherà una spirale di violenza ancora maggiore e sono convinta di non farcela più, tuttavia, non ho alternative, devo ribellarmi, lottare, continuare ciò che ho iniziato, andarmene al più presto, prima che mi uccida di botte, è impossibile continuare questa vita, che vita non può più chiamarsi ormai e non posso confidare solo nella fortuna che domani, oggi anzi, potrei non avere più. Basta, di colpo lui dal paradiso pieno d'amore, mi ha scaraventato nell'inferno più nero e questa è solo l'ombra di una vita ormai. Dall'armadietto dei farmaci afferro una confezione di antidolorifici e ne ingoio un paio senza neanche usare l'acqua, prima di bloccarmi del tutto a causa del dolore, poi nascondo le altre.

Con esasperante lentezza mi sono avvicinata al cesto della biancheria e con cautela chinata per estrarre da sotto i panni, un quaderno spesso con una copertina fiorata e una penna nera inserita nell'elastico della costa. Lentamente mi sono seduta sul coperchio del water in maniera da tenere a bada il dolore e, con le lacrime che non riuscivo a frenare e che scendevano ininterrottamente, ho cercato di trovare una posizione idonea per iniziare a descrivere l'ultimo atto, spero, della serie 'moglie devota maltrattata da un ex marito meraviglioso'.

Dopo aver aperto il quaderno e, prima di iniziare la mia confessione, sono andata a rileggere diverse pagine scritte in precedenza, una specie di diario iniziato più di un mese fa quando il mio calvario, a sorpresa, è iniziato, lasciandomi completamente senza parole.

Era il 21 marzo 2020
L'inizio della fine.

Quella mattina appena alzati ci eravamo abbracciati, è stato forse l'ultimo vero abbraccio pieno d'amore tra noi.
"E' primavera e tra un mese è il compleanno di Roma!"
Avevamo sussurrato insieme rimpiangendo di non poter andare un mese dopo al centro di Roma per assistere alla consueta sfilata di persone paludate nei costumi dell'antica Roma come avevamo fatto l'anno precedente, freschi sposi. Di sicuro sarebbe stata rimandata a causa delle restrizioni imposte per via del covid19.
Covid19 hanno chiamato questo CoronaVirus scoperto alla fine dell'anno scorso: un terribile virus, altamente letale, sconosciuto che ancora sta falcidiando il mondo intero. Partito dalla Cina, giorno dopo giorno, in poche settimane ha invaso uno dopo l'altro tutti i continenti, costringendo i governi a varare provvedimenti drastici nel tentativo di arginarlo e sconfiggerlo quanto prima, lasciando intanto nella sua scia migliaia di morti. Numeri terrificanti, ancora altissimi che purtroppo non accennano a calare o fermarsi e per ora non si vede una terapia valida e una fine a breve.
Angelo, dopo alcune settimane era stato obbligato dalla sua grossa società internazionale a lavorare da

casa, come tantissimi altri fortunati, secondo me, ma lui non aveva preso bene tale decisione né le restrizioni obbligatorie per contenere il virus, che liquidava superficialmente come 'tutta una montatura', secondo il suo punto di vista, non unico lui, tra l'altro.

E ora dopo poco più di un mese sto organizzando la mia fuga da lui.

Care donne Amatevi...
Amatevi e Armatevi di
forbici per tagliare
i fili che vi legano alle
persone che vi fanno del male!!!
Lasciatevi amare e rispettare
da chi questi verbi li sa coniugare...
Basta scuse, basta rimandare,
basta stare ad aspettare...
l'amore non è un'eterna
giustificazione!!!

25-4-20
Ore 8,40

Per caso ho letto questa frase sul mio tablet stamani, non so chi sia l'autrice o l'autore, però, sono convinta che un angelo, non il mio caro Angelo, ma il mio Angelo custode l'abbia inserita lì per ricordarmi il mio proposito di tagliare il filo che ancora mi lega a mio marito e a non far venir meno il mio proposito. È vero a momenti, mi sento demoralizzata e impotente, combatto con il desiderio di rinunciare, eppure so anche che non devo arrendermi, non ora, è arrivato il momento di affrancarmi dalla violenza e dalla mentalità ristretta di mio marito e celebrare la vita. Devo anch'io afferrare le forbici più grosse e affilate che ho e spezzare quel filo che mi tiene legata a un uomo che, nel mio cuore, non è più mio marito perché ha perso quel diritto e il privilegio nell'attimo in cui ha osato alzare, con intenti violenti, la sua mano verso di me. Non lo è più dal momento che il suo rispetto è venuto meno, dimostrando di non amarmi come merito e di non meritarmi, mostrandomi la sua piccolezza. È venuto meno nel momento in cui mi ha guardato e non ha visto in me un essere umano bensì qualcosa, non qualcuno, solo un oggetto di sua proprietà, che poteva usare per scaricare la sua rabbia, la sua violenza, al quale imporre la sua volontà e umiliare e mortificare a suo piacimento. Basta scuse, basta rimandare, basta aspettare è veramente arrivato il mio momento di tagliare quel filo e andare! Andare verso il rispetto, verso la serenità, verso un futuro nuovo, anche verso le difficoltà, certo ne sono consapevole, comunque, nessuno mi fermerà, neanche lui.

Non sia mai ch'io ponga impedimenti all'unione di anime fedeli; Amore non è Amore se muta quando scopre un mutamento o tende a svanire quando l'altro s'allontana. Oh no! Amore è un faro sempre fisso che sovrasta la tempesta e non vacilla mai; è la stella-guida di ogni sperduta barca, il cui valore è sconosciuto, benché nota la distanza. Amore non è soggetto al Tempo, pur se rosee labbra e gote dovran cadere sotto la sua curva lama; Amore non muta in poche ore o settimane, ma impavido resiste al giorno estremo del giudizio: se questo è errore e mi sarà provato, io non ho mai scritto, e nessuno ha mai amato.

(W. S.)

Mi chiedo: chissà se il mio caro Angelo si è mai soffermato a leggere queste parole del grande drammaturgo, non solo con gli occhi ma col cuore.

Dare non mi stanca.

È faticoso non ricevere

mai nulla se non dolore.

30-4- 2020

Sono, finalmente, nella pace della Cav in zona
Pinciano! Sono qui da diversi giorni ormai, ho rifiutato
il ricovero ospedaliero, dove Angelo avrebbe potuto
rintracciarmi facilmente, e i medici interni chiamati
d'urgenza hanno tamponato i miei danni fisici, anche
piuttosto gravi. Ora il peggio è passato e sono sotto
terapia. Riesco a scrivere con tranquillità, adesso,
senza la paura di sentire le urla di Angelo dietro la
porta del bagno o nel timore che la forzi ed entri di
colpo per picchiarmi e non tremo più pensando che
possa passarmi vicino e scopra che cosa sto veramente
facendo nel mio quaderno. Ho lasciato casa mia e il
mio aguzzino cinque giorni fa, non sono più sotto
assedio e sono stata accolta da persone gentili,
comprensive e competenti, che oltre le mie ferite
fisiche tentano di curare, anche se con più difficoltà,
anche quelle psicologiche, ben più vaste e profonde.
Presumibilmente non riuscirò mai a dimenticare del
tutto quanto si è consumato nel mio nido che ritenevo
d'amore, non andrò avanti indenne da quanto mi è
accaduto, ogni cosa lascerà dietro di sé una scia di
cicatrici varie sotto più punti di vista e spero che il
tempo e la mia volontà di rinascita potranno aiutare.
Queste persone meravigliose mi hanno dato

accoglienza, sfamata, curata senza far domande, circondata d'affetto lasciandomi i miei tempi per raccontare la mia storia, simile a tante altre. Ho iniziato a parlare dopo due giorni e non senza difficoltà perché ero come bloccata e la situazione è ancora troppo incredibile anche per me. Mettere per iscritto è diverso, posso fingere sia qualcosa di impersonale accaduto a qualcun altro, parlarne, sentire la mia voce che descrive i miei tragici momenti, dire a voce alta cosa è diventato mio marito e quanto sia stato capace di farmi, mette più a nudo la realtà e la mia anima, mi umilia, rende tutto più vero, mi fa male. Riferire tutto mi ha messo ancora davanti alla sua crudeltà, mi fa rivivere ogni attimo, ogni oltraggio e ogni avvilimento, l'aver sentito lesa mia dignità. Il mio corpo non lascia adito a dubbi su quello che lui può aver fatto su di me e anche i molti accurati esami eseguiti - una ulteriore umiliazione causata da lui - parlano per me contro di lui. Nulla può essere scambiato per atto d'amore. La sua perfidia ha lasciato una mappa su di me che racconta non solamente l'ultima sera di abusi, bensì settimane di maltrattamenti stratificati su di me, che parlano e accusano senza parole. Queste persone, tutte, medici compresi hanno detto quanto sia importante fare denuncia e fermarlo, eppure nessuna ha esercitato su di me nessun tipo di coercizione sulle mie prossime mosse nei riguardi di mio marito, lasciandomi ogni decisione, anche temporale, facendomi solamente intuire che a una bestia del genere dev'essere impedito di fare ancora del male. Loro comunque hanno documentato tutto per eventuali azioni future. Mi lasciano il tempo che mi serve, anche per scrivere per esternare i miei pensieri in solitudine, anzi mi incitano a farlo, se io voglio, perché può solo aiutarmi a guarire le ferite dell'animo e a liberarmi dei miei demoni.

"È una terapia anche quella", hanno detto. Ero consapevole del il percorso stressante che mi aspettava, dopo averlo lasciato, immaginavo le difficoltà che avrei dovuto affrontare, tuttavia iniziare a viverle è diverso, per niente facile, aprirmi, parlarne, ammettere determinate cose, riviverle... è dura. È importante aver trovato il coraggio di fare il primo passo, il più difficile: lasciarlo, tagliare il filo; per i prossimi, seppur complessi, sarò affiancata da persone che pensano al mio bene, mi capiscono, mi sostengono e mi staranno accanto in ogni momento. Troverò dentro di me la forza per affrontare tutto, "a testa alta e senza paura", come mi dicevano sempre i miei che, con il loro esempio, hanno lasciato un'importante impronta in me, facendone una persona per bene con valori giusti e veri. Loro avevano fede nell'amore e nel rispetto, con tutto il dolore che la loro perdita ha portato con sé, una parte di me è contenta che siano andati via prima di vedere lo sfacelo della mia vita e di quello che mi ha fatto Angelo, che consideravano un figlio. Ne avrebbero sofferto enormemente, ma d'altro canto mi sarebbero stati vicini e mi avrebbero aiutato a superare la sofferenza, che affronterò non da sola, bensì con loro nel cuore, con il personale della Casa e con il mio amico Giorgio, avvocato civilista, che mi ha promesso di stare al mio fianco in ogni istante e di fare quanto necessario per le pratiche. Dopo averlo chiamato qui, vedendomi e vedendo le foto e i filmati eseguiti da me, è stata tale la sua rabbia che ho faticato a frenarlo e farmi promettere che non sarebbe andato da Angelo a dargli un assaggio di quello che "lui si era cercato" e meritava, come aveva fatto con me.

"Perché non mi hai chiamato subito?" Ha urlato, anche lui incredulo e arrabbiato, poi si è calmato intuendo la mia sofferenza e che non era stato facile per me scoprire e accettare la vera natura di Angelo.

Mi sono aperta con lui, mi ha consolato e tranquillizzata e ha già iniziato le pratiche per la separazione, farà ciò che servirà a tutto tondo e so che mi starà vicino, è la persona di cui più mi fido. Lo conosco da quando eravamo bambini, abbiamo fatto tutte le scuole insieme e la nostra amicizia è cresciuta con noi e gli affiderei la mia vita. Abbiamo diviso dolori e confidenze, ci siamo difesi e protetti come fratelli, sono stata la sua testimone di nozze e lui lo è stato al mio. Il mio primo pensiero dopo essere arrivata qui, dopo aver superato attimi di vergogna, è stato chiamare lui, che arrivando mi ha guardato incredulo, quanto me. Lui non è un finto femminista, per lui le donne valgono realmente e le sue azioni e il tempo speso in favore della parità delle donne lo dimostrano. È una di quelle persone che non ti tiene solo compagnia per un aperitivo o un film, come tante volte è capitato, ma una di quella che ti stanno più vicino quando la musica non c'è più, quando serve un fazzoletto e lo porge, quando il trucco cola o le scarpe fanno male e ti prende in braccio, oppure con una risata che fa tornare il sorriso ti dà le sue anche se ci navighi dentro.

La vera Amicizia si percepisce
nella sua presenza, sempre.
La distanza fisica non conta,
perché l'affetto sincero si
propaga nel tempo e
nello spazio. Non c'è dimensione
che lo contenga, raggiunge
il cuore, ovunque esso sia.

Oggi è festa ma qui dentro è un giorno come un altro, ho captato che da quando sono qui altre donne sono arrivate cercando aiuto e soccorso.

Ripenso al giorno che anche io sono riuscita a presentarmi davanti a questa porta, speranza per tante donne maltrattate. Il giorno dopo l'ultima brutale violenza di mio marito sono uscita da casa mia per andare in farmacia con la scusa di comprare gli analgesici e un articolo femminile di cui avevo estremo bisogno e Angelo non poteva vietarmelo. Ho messo in borsa le poche cose importanti per me e i quaderni, inforcato mascherina e grandi occhiali scuri e sono uscita 'decisa' solo col pensiero perché camminavo con molta fatica per via dei dolori. Non avendo il cellulare, che ancora una volta mi era stato requisito, ho chiesto alla commessa, se potesse chiamarmi un taxi, ringraziandola, tra me, anche per non aver fatto domande sui segni che malgrado il camuffamento apparivano evidenti. Sono salita in macchina dando l'indirizzo della Centro anti violenza, sperando che non mi rifiutassero per mancanza di posto. Non sarei comunque tornata nell'appartamento, là dove avrei trovato ad aspettarmi non un marito amorevole, bensì una bestia che non vedeva più in me un essere umano da amare e rispettare, bensì la causa dei suoi guai e agiva di conseguenza. Per tutto il tragitto ho pregato in silenzio che non mi respingessero, e sono stata in ansia finché il taxi non si è fermato davanti alla Casa. In alternativa sarei andata alla polizia, dai carabinieri, ovunque, solo che dopo non avrei avuto un posto dove stare, la casa dei miei era l'ultima a cui pensare perché Angelo sarebbe andato a cercarmi là. Avrei trovato, comunque un qualsiasi posto, anche il sotto di un ponte, sarebbe stato meglio di casa mia e non ero intenzionata a tornarci. La persona che mi ha aperto la porta vedendo il mio viso e la mia sofferenza fisica nel camminare e respirare, penso non mi abbia abbracciata solo per via del covid, altrimenti lo avrebbe fatto volentieri per consolarmi. Sicuramente non sono la prima che si è presentata là in queste condizioni e penso avesse già visto tanti visi spaventosi e spaventati di donne sofferenti, io non sono una rarità, purtroppo, eppure nei suoi occhi sopra la mascherina, ho visto un lampo di dolore, di pietà, empatia, affetto e tanta, tanta rabbia appena ho tolto gli occhiali. Mi sono sentita subito meglio e ho detto in un soffio:

"Vi prego, non mandatemi via, tenetemi con voi, dormirò a terra in un angolo, se devo, ma fatemi restare, non so dove andare e non ce la faccio più..."

E sono scoppiata a piangere.

Non mi hanno mandata via, mi hanno accolta, portata in una piccola ma accogliente camera e fatta visitare a fondo da una dottoressa- già questo è indice di delicatezza - somministrandomi tutte le cure urgenti di cui avevo bisogno, punti compresi anche nelle parti intime. Non sono certo l'unica donna maltrattata qua dentro, sembra impossibile quanto i mariti, i compagni si siano accaniti in questo periodo di chiusura ricorrendo alla violenza sulle loro compagne, anche più del solito. La convivenza forzata ha portato e un'escalation di violenza superiore persino al periodo pre-covid. Nonostante il dolore di noi donne, qua dentro respiro un grande senso di pace, di serenità, di speranza accresciute dal pensiero che tutto possa sistemarsi e sono pronta ad affrontare il futuro.

Dobbiamo fare attenzione
in questa epoca di
femminismo radicale a
non dar rilievo a una
parità dei sessi che
conduca le donne a
imitare gli uomini per
dimostrare la propria
uguaglianza.
Essere pari non significa
essere identici.
(Eva Burrows)

Accogliendomi qui, non mi hanno dato un angolo per terra dove dormire, bensì una camera singola, un pasto caldo e parole gentili, lasciandomi il tempo necessario per ponderare, ragionare, pensare con calma alle decisioni da prendere che, capiscono benissimo, nonostante tutto, sono molto sofferte per noi assistite. Quelle che si occupano di me, sono donne meravigliose che comprendono la situazione, che stanno dalla parte giusta, quella delle donne, non solo di quelle che soffrono bensì di tutte le donne del mondo. Non posso uscire dalla mia camera, dovendo rispettare la quarantena e così resto diverse ore a leggere, scrivere, a guardare dalla finestra. E tante ore di psicoterapia nella quale talvolta resto bloccata e non riesco più ad andare avanti e piango.

In camera osservo i palazzi attorno, le strade quasi deserte e sento in sottofondo spirare un'aria strana, misteriosa, a tratti tetra, quasi mistica accompagnate ancora da un silenzio irreale, nonostante sembri che la pandemia ci stia dando un po' di respiro. Anche qui attorno ogni balcone ha la sua bandiera, lenzuola che penzolano al vento con scritte "Andrà tutto bene", ogni tanto arriva una canzone a tutto volume da un appartamento e i bei monumenti che intravedo sono illuminati con il tricolore di sera. È una bella giornata e io, dopo tanto, lentamente, torno ad ammirare la vita attorno e a bere assetata la bellezza che mi circonda, anche se tutto è un po' soffuso di tristezza per le continue notizie sulle morti che continuano ad aumentare. I miei guai, che pure mi hanno portato al limite della sanità mentale, passano in secondo piano davanti alle lacrime di migliaia di famiglie che piangono i loro morti e alla dipartita di tante persone. Il telegiornale parla di un'intera generazione spazzata via in poco tempo da questo invisibile maledetto virus che tutti all'inizio abbiamo affrontato con leggerezza pensando alla solita influenza, solo un po' più cattiva, ma che sarebbe terminata in poco tempo con pochi danni e noi saremmo andati oltre come sempre.

È sera ormai, in uno stralcio di paesaggio che intravedo tra due palazzi antichi centinaia di anni, vedo la luce del sole che lentamente scivola via oltre il bordo dell'orizzonte trascinando con sé un altro giorno come una cascata di luce colorata, lasciandosi dietro fiamme violacee aggrappate alla sera morente, alle cime degli alberi e ai tetti degli edifici storici. È Una fotografia straordinaria, un annuncio di un futuro migliore e voglio crederci. Voglio sperare che domani le cose siano più positive per me e per tutte le donne che dividono la stessa situazione; come quando da bambina e avevo la febbre per la tonsillite andavo a letto contenta, perché sapevo che l'indomani svegliandomi mi sarei sentita meglio perché mio papà mi aveva dato la terapia giusta per farmi stare bene. Spero in un domani migliore per tutti i pazienti ricoverati negli ospedali stracolmi, per i medici e infermiere-i e sanitari tutti che lavorano infaticabili senza sosta anche oltre le loro possibilità fisiche e psicologiche per assisterli, con il costante rischio del contagio e morire a loro volta per aiutare gli altri, e in tanti già se ne sono andati, purtroppo, solo il personale ospedaliero, sono il 10% del totale e, come diceva Ungaretti:

"I morti non fanno rumore,
non fanno più rumore
del crescere dell'erba..."

5-5-2020

Penso ad Angelo, a ciò che può aver fatto non vedendomi rientrare quella mattina di dieci giorni fa, alla sua collera, non potendo prendersela con me come avrà scaricato la sua ira? Sui mobili e i sopramobili, rompendo le mie cose, strappando i miei vestiti? Lo immagino in piedi davanti alla finestra che osserva la piazza sottostante nella speranza di vedermi attraversarla, sempre più nervoso e inquieto, contare i minuti che passano, la rabbia che monta e, infine, con l'arrivo della sera, anche la consapevolezza che non sarei rientrata, che avevo avuto il coraggio di fuggire da lui come avevo minacciato. Si sarà sentito prima sorpreso, poi incollerito e poi... cos'altro? Tradito? Incredulo? Deluso? Sorpreso? Di certo molto arrabbiato!
Non ho notizie di lui e non m'importa di averne, ormai ha capito che sono scappata, che non può più terrorizzarmi né umiliarmi, che lui non è e non sarà mai più il centro del mio mondo. Avrà avvisato i carabinieri della mia scomparsa o aspetterà paziente che torni da lui, convinto che io non possa fare a meno della sua presenza? Immagino sarà andato a casa dei miei a urlare alle finestre, forse anche dalle mie amiche, che non sanno niente, o forse no, non è tipo

179

da perderci la faccia chiedendo ad altri notizie della moglie e rendendo così palese che è un fallito, che l'ho abbandonato e perché. Io, solo una donna fallita ho abbandonato lui, il grand'uomo, Angelo di nome e di fatto, finché il diavolo non ha sconfitto l'angelo che c'era in lui facendo venire in superficie tutto ciò che era riuscito a nascondere così bene per mesi e rendendolo palese anche a me, dopo, e nel modo peggiore. Un Dottor Jekill e mister Hyde, sarebbe il caso di dire, non era un caso quel primo schiaffo da brillo che mi diede un paio di mesi dopo le nozze e le sue profuse scuse servivano solo per gettarmi fumo negli occhi, anche se poi sono passati mesi ed è stata la pandemia, la chiusura obbligata, le restrizioni a far esplodere il suo vero carattere e far palesare la sua indole violenta e misogina. Eppure, mi viene ancora da pensare ai giorni e ai mesi belli che abbiamo avuto e mi dico che non possono essere stati solo un caso. Era così premuroso, così innamorato, comprensivo, condividevamo tutto e le sue sorprese nei miei confronti erano delicate, piene del suo amore per me, non riesco a convincermi che non fosse tutto vero, reale; non ho percepito che covasse dentro di sé un'altra persona completamente diversa, che aspettava solo uno stimolo per venire a galla. Che fine hanno fatto le bellissime parole dei suoi voti nuziali? E quella volta che mi aveva fatto salire in macchina e, dopo avermi fatto chiudere gli occhi mi aveva portato all'osservatorio che, non so come, era riuscito a far aprire solo per noi e, mentre osservavo le stelle con il telescopio, mi aveva sussurrato:

"La notte mi affaccio alla finestra e guardando le stelle penso a te, infine mi accorgo che nessuna di loro è bella quanto lo sei tu e allora ho nostalgia di te. Sposami così avrò sempre le stelle con me!"

Si era inginocchiato davanti a me e aprendo un cofanetto rosso come il fuoco mi aveva mostrato l'anello. Oppure la sera prima del matrimonio quando mi ha inviato un delicatissimo mazzo di fiori per la cerimonia corredato da un biglietto che diceva:

Chiara,
amore mio, grazie per avermi accettato, tu sei tutto ciò che avrei voluto e non sono mai riuscito a dire, mai riuscito a vedere, mai riuscito a fare né a capire. Ma ora finalmente sei qui, per me, ho aspettato tanto e non voglio aspettare un giorno di più.
A domani, da domani per sempre con te!

Non so se fossero parole sue o dove le avesse trovate, ma erano bellissime.
Come una ragazzina, o come una donna delusa e ferita, mi ritrovo a piangere lacrime amare, pensando a come per tanti mesi la sua sola presenza riempiva il nostro appartamento e la mia vita, a come mi rendeva felice. Non devo più pensare a quei giorni, sono stati sostituiti dai lividi, dal sangue, dai tagli che ancora

coprono la mia pelle e dalle cicatrici cui ha riempito mio cuore fiducioso e innamorato. Quei giorni, quelle parole sono come i sogni che svaniscono appena si aprono gli occhi: sogni belli, bellissimi, tuttavia solo sogni da lasciar andare via e dimenticare prima che aderiscano alle convinzioni e inizino a intaccarle facendo retrocedere la certezza e la speranza. No, io non devo avere più incertezze, io mi sono spesa per il nostro matrimonio e non posso, non devo avere rimpianti, devo andare avanti a ogni costo:

"chi picchia una volta picchia per sempre", diceva sempre mia mamma, la mia cara e saggia mamma e non devo pensare che i bei ricordi possano tornare e mutare gli abusi perpetrati; se pure fosse possibile, non riuscirebbero a cancellare le cicatrici dell'anima, l'amore, il rispetto e la fiducia traditi. Una ferita ogni volta lascia una cicatrice e quando le cicatrici diventano tante, una sull'altra il segno che lasciano sul tessuto diventa sempre più esteso fino a iniziare a interferire sul funzionamento della parte colpita, quando si tratta del cuore anche i sentimenti non sono più gli stessi, cambiano inevitabilmente.

Vorrei che tutto tornasse come un tempo, ma sono consapevole che certi sogni non si avverano, né si torna indietro ed io devo dimenticare, guardare avanti, essere egoista, amarmi perché lui non l'ha fatto, non come aveva promesso, come meritavo. Rimpiango quello che era stato non quello che è diventato, quella versione di lui non mi mancherà mai. Mi ha tradita, sbriciolando il mio sogno di un avvenire sereno con le sue mani, facendo crollare un castello bellissimo che senza saperlo era costruito sulle sabbie mobili.

È mai esistito
qualcuno così
maltrattato, così
vilipeso, così insultato,
tanto ingiustamente e
crudelmente calpestato
come noi donne?

(J. Anger)

12-5-20

Ho finalmente preso anche un'altra importante decisione e ho denunciato mio marito per percosse, abusi, violenza e crudeltà mentale. Ho redatto una denuncia formale, tutto nero su bianco, firmata da me, anche se con mano tremante, e ora non posso né voglio tornare indietro, nonostante le difficoltà che mi attendono. Dopo aver riflettuto, ho capito che non basta scappare, sotterrare il dolore, abbandonare i violenti e lasciare che la facciano franca, pronti a reiterare di nuovo nei loro abusi. No, è giusto denunciare, portare, anche con clamore, davanti all'opinione pubblica ciò che accade, mettere i vigliacchi davanti alle loro colpe, in minoranza, in maniera che non possano nuocere più, perché più donne oseranno alzare la loro voce più ridurranno al silenzio i violenti che vigliaccamente contano proprio sul nostro silenzio per farla franca. Bisogna denunciare e farlo subito! Questa è l'unica soluzione. Se tutte le donne maltrattate e abusate lo facessero di più senza paura, forse i cosiddetti uomini comincerebbero a non sentirsi più tali, a vergognarsi, ad avere 'loro' paura, a intuire i loro sbagli, a far sì che ci sia un'inversione di tendenza. Ho consegnato come prova le tante foto e i video inviati dal mio cellulare al telefono della Casa Accoglienza prima di scappare da Angelo.

Documentando tutte le percosse subite, non immaginavo certo l'uso che poi ne avrei fatto. Al momento l'ho agito d'impulso, sorpresa per ciò che era accaduto e seguendo l'istinto di sopravvivenza, per ricordare quei momenti che non osavo credere fossero veri. Poi ho continuato con più costanza per avere comunque qualcosa di tangibile nel caso per me le cose si fossero messe male. Qualcosa che parlasse di me e per me. Una specie di assicurazione sulla vita, o solo una prova di quanto mi era successo. Per non dimenticare.

I carabinieri andranno a casa mia, a prelevare Angelo o semplicemente a parlargli, veramente non so quali siano effettivamente i passi e i canali che seguiranno e neanche mi interessa, ciò che conta è che lo tengano lontano da me. Intanto Giorgio, il mio amico avvocato, si sta occupando di portare avanti e di concludere quanto prima l'istanza per la separazione legale. Ha anche lui una pendrive con le prove dei maltrattamenti. Non ho nessuna intenzione di restare legata a un uomo simile neanche un secondo in più che non sia necessario, anche se capisco che ci sono tempi tecnici da osservare, anche piuttosto lunghi. Non l'ho faccio a cuor leggero, perché ammettere la fine del mio matrimonio, implica anche il mio fallimento personale, come donna e moglie quasi non fossi stata anch'io capace di cambiare le cose, tuttavia, non credo di avere colpe in quanto è successo, se mio marito è uscito fuori di senno è qualcosa che esula da me e dal mio comportamento e nulla avrei potuto fare per cambiare ciò è stato. Persiste tuttavia, tanto dispiacere per come è terminata la mia bellissima storia con lui, ed è più che chiaro che Angelo dovrà farsi curare per arrivare all'origine delle sue manie se vorrà tentare di avere ancora una vita normale, dopo di me.

Il giudice che fissa
la prima udienza
per una separazione
giudiziaria dopo sei
o più mesi, agisce al
pari di quell'ospedale
che al malato di
tumore gli fissa
la tac dopo
sei o più mesi. S. F.

18-5-2020

Sono all'oscuro di tutto, la mia vita è cambiata drasticamente nel giro di poco tempo; so che è ancora presto, ma aspetto notizie dal mio avvocato, in merito alla separazione legale in attesa di procedere quindi al divorzio definitivo per lasciarmi, se possibile, questo tremendo periodo alle spalle. Cerco di essere realista, arrivare nella Casa, non ha cambiato in meglio le mie emozioni e il mio stato mentale. Non è stato come di colpo ritrovare integra la mia vita spezzata; mi ha evitato altre botte, questo sì, mi ha circondato, a distanza, di persone meravigliose, mi sento al sicuro qua dentro, tuttavia, mi ha fatto aprire gli occhi sulla realtà, e a livello emotivo e psicologico dopo diversi giorni ho avuto un crollo emotivo che non mi aspettavo. Sto realizzando appieno quanto mi è accaduto e la depressione inizia a essere più forte, la paura continua a essere presente, l'incertezza del futuro e l'ansia per ciò che sarà, ora sono più reali che mai. Talvolta, guardo al futuro con sospetto e mi sento sconfortata e ansiosa. Se all'inizio avevo l'impressione di aver finalmente trovato un salvagente in mezzo al mio oceano di disperazione, con il passar dei giorni ho l'impressione di affondare nel pozzo della paura per ciò che mi aspetta, di affrontare il tutto, di uscire un giorno da questa casa che mi protegge e mettermi nuovamente di fronte al mondo e la sua cattiveria. Mi sveglio spesso con un urlo in gola, sudata e tremante, avvertendo chissà quale pericolo insito nell'ombra della mia stanza. Resto ore con le ginocchia contro il petto, piegata su me stessa, pronta a respingere pericoli inesistenti, finché mi rendo conto che sono solo fragile e vulnerabile in un'isola di pace che mi sostiene e aiuta. I terapeuti sono molto competenti e parlare con loro mi è di aiuto, intuisco che nessuno ha la bacchetta magica per far sparire l'insicurezza e che la via verso la normalità sarà ancora lunga. Nella Casa sto bene, sento il desiderio di restare qui nascosta per sempre e non essere costretta ad andare nel mondo in mezzo ai pericoli, uscire mi fa paura! Poi mi rendo conto che solo affrontandoli potrò iniziare di nuovo a vivere e ritrovarmi e avere ciò che merito anch'io. La mia permanenza qui è solo un breve passaggio, un aiuto temporaneo che mi traghetterà un giorno verso un futuro nuovo. La mia vicenda mi ha reso insicura, come può non essere così e mi chiedo se succede a tutte, se si sentono impaurite, esitanti, fragili come me al pensiero di tornare fuori nel mondo; come e dove trovare la forza per rincominciare dopo che mio marito mi ha reso come un cucciolo debole e spaventato? Avrò modo e tempo di confrontarmi con chi ha vissuto i miei stessi traumi e donarci aiuto a vicenda.

Il poi? Anche se solo il pensiero di lasciare questo luogo di salvezza mi riduce in gelatina le gambe affronterò tutto, che sia da sola o in compagnia e sarà solo mio. Mi chiedo chissà quanto tempo ci vorrà perché torni ad avere fiducia di un uomo, fidarmi profondamente, la sofferenza subìta è troppo vivida e presente, non è uno step superato e intuisco che mi frena. Tuttavia, sono decisa a lottare e vincere. Prima di iniziare una vita fuori da qui devo imparare a capire chi sono, cosa fare, dove voglio andare, e poi andarci consapevole della mia sicurezza e del mio coraggio riacquisiti... ma non subito, ancora un po' di pace e tranquillità, per favore. Giorgio si sta occupando anche di sbrigare tutte le pratiche della mia eredità e della vendita della casa dei miei e intanto cerca un appartamento per me in una zona tranquilla a Prato, dove lui vive da anni con la famiglia. Non voglio più stare a Roma per il momento, e un posto per me vale l'altro, meglio se accanto a qualcuno che conosco e amo. Mi commuove la sua sollecitudine di trovarmi una casa in un luogo dove ci sono persone amiche così da non essere completamente sola in una città estranea e possa rivolgermi a loro, all'occorrenza. Lui è uomo con la "U" maiuscola, da sempre in prima linea nel difendere i diritti delle donne, sia in tribunale sia fuori, so che posso fidarmi ciecamente e mi risolleva pensare che esistono simili uomini, che non tutti sono come il mio caro Angelo, rivelatosi un diavolo.

Le tante restrizioni attuate dal governo finora stanno iniziando a essere allentate, sembra ci sia un iniziale calo dei contagi, anche se è presto per dire che siamo fuori da questa tragedia pandemica. Ancora dovremmo fare uso delle mascherine e continuare a tenere la distanza di sicurezza, tuttavia, inizia a serpeggiare una tenue speranza e vedere una piccola luce in fondo al tunnel, anche se, in effetti, il numero dei decessi è pur sempre alto, una vera tragedia e, se pure fosse anche solo uno ancora sarebbe sempre troppo.

Interrogatori, confronti, lacrime nascoste, depressione. Non dubitavo che sarebbe stato brutto affrontare tutto, forse lo è anche di più di come credevo. Angelo ha ricusato ogni mia accusa anche di fronte all'evidenza della mia documentazione. La vista del mio viso tumefatto e il corpo pieno di tagli e lividi non hanno scalfito la sua imperturbabilità, anzi indignato ha sentenziato che, assolutamente non è stato lui a ridurmi così e che io non sono molto lucida in questo periodo e che la chiusura imposta ha agito in modo deleterio sul mio carattere, nonostante lui abbia cercato di aiutarmi il più possibile. Ha osato affermare che io, un giorno, ero uscita a fare spesa e sono rientrata in quelle condizioni; sollecitata da lui a sporgere denuncia mi sarei rifiutata perché non conoscevo la persona che mi aveva aggredita e volevo solo dimenticare quella brutta avventura, non pensarci più e non essere sottoposta a visite, interrogatori o altro. Ha ripetuto tutto guardandomi negli occhi, esortandomi, con voce amorevole e supplicante, a dire la verità, dicendo che noi ci amiamo, che eravamo felici e non capisce perché sono andata via e dovevamo tornare insieme, che cosa mi stava succedendo? L'aggressione sicuramente mi aveva sconvolta e non ragionavo, ma lui era pronto a prendersi cura di me e così via... È stato talmente convincente che se non sapessi la verità gli avrei creduto pure io.

Ero sconvolta, sì, ora lo sono anche di più dopo aver sentito le sue parole ipocrite ed egoistiche volte solo a salvare la sua misera esistenza. Quello che Angelo non sa, è che ora non sono più chiusa tra quattro mura alla sua mercé, non sto più in silenzio per evitare che mi colpisca, lotterò per me e non darò più importanza a persone che non lo meritano, le ignoro, perché nonostante tutto io sono una persona importante e do importanza a questa persona: me stessa. Rincorrerò valori che lui non può più darmi, cercherò l'empatia di chi è più simile a me, senza andare fantasticamente sulle stelle a trovare quelli fasulli. Io sono più forte di quanto lui immagina, non può addomesticarmi, privarmi dell'identità come vorrebbe, non può annichilirmi perché non permetterò più a lui né a nessuno di umiliarmi, perché nessun essere umano può mai permettersi di mortificare, umiliare, abusare un altro essere umano solo perché può farlo e perché lo soddisfa.

No, non mi batterai mio caro Angelo, potrai dire e fare ciò che vorrai ciononostante questa separazione tra noi sarà irreversibile, sarà per sempre, qualunque cosa tu possa inventare, chiedere o affermare non farai più parte della mia vita. Sono sola? No, sto con me stessa, sto con chi mi capisce e mi vuole bene e ce la farò, supererò il mio trauma, la mia depressione incombente, forte della vicinanza e dell'aiuto di chi ha subito i miei stessi dolori, affrontato le mie sofferenze, le mie stesse paure e le ha superate. Uniremo le nostre empatie per darci forza a vicenda per tornare a vivere normalmente.

Ora, non voglio più soffermarmi sul suo pensiero, sul suo viso bensì su me stessa, su ciò che verrà. Non tornerò indietro, il mio futuro mi aspetta, anche se la magistratura dovesse credere alle sue bugie e non a me, non mi fermerò, continuerò a lottare in ogni modo.

Se con i tacchi
ti vedrai alta,
con l'amore per
te stessa ti
vedrai immensa.

Sono convinta che queste righe siano le ultime che scriverò su questo quaderno. Basta affidare le mie parole a un diario, riprenderò le redini della mia vita con orgoglio, è arrivato il momento. Domani lascerò il Cav e voglio lasciarmi appresso tutto il mio passato e pensare solo a una nuova vita lontano da qui. Tutto nuovo, a partire dalla città e dalla casa. Giorgio, non si è risparmiato un attimo per aiutarmi sotto ogni punto di vista, emotivamente e materialmente pensando di persona a tutte le scartoffie burocratiche, eredità, vendite, acquisti, e lo ha fatto bene e a tempo record. Ha già acquistato una casa a due livelli, con un piccolo giardino anteriore e un cortile dietro, stretta tra altre due come un libro prezioso in una libreria. Avrò dei vicini giovani e simpatici, mi ha assicurato. Faccio un taglio netto con ciò che è stato e domani sera dormirò nella mia nuova casa. A Prato, vicino al centro storico, da dove posso andare a piedi fino al Duomo e alla bella chiesa di S. Francesco e altro, a godermi i capolavori di Donatello, Filippo Lippi, Filippino il figlio, Michelozzo, Maso di Bartolomeo, Paolo Uccello e altri. Sono quasi euforica al pensiero e da domani voglio pensare solo a cose positive che mi fanno stare bene. Un po' mi spiace abbandonare Roma, la mia bella città, ci sono nata e diventata donna e vi sono stata felice nonostante tutto, comunque nulla mi trattiene più qua e non ho intenzione di restare legata a ciò che voglio dimenticare. Nulla e nessuno mi fermerà, andrò incontro al vento e alla mia serenità, lasciando indietro il male e resa sfiduciata e fragile. Non sarà sempre così, lo so, eppure riacquisterò la mia serenità e la mia sicurezza e tornerò a essere io, la chiara Chiara come qualche amico mi chiamava scherzando, serena con le stelle negli occhi e il sorriso nel cuore. Sarà così perché lo voglio e ci credo. Affronterò il mondo e non mi chiuderò al futuro e a ciò che ancora mi offrirà.

Quel piccolo uomo sarà lontano da me, dagli occhi e dalla mente, più di quanto non lo sia ora che ha l'ingiunzione restrittiva e non può avvinarsi a me a meno di cento metri, anche se mi fa un po' ridere questa limitazione, come se fosse servita in altre situazioni ben note. Come possono i giudici e le forze dell'ordine, credere che basti un foglio di carta per fermare la mano violenta di un uomo convinto che una donna non possa decidere senza la sua approvazione e che sia di sua proprietà, se solo lo vuole? Non voglio pensarci, ora, voglio solo pensare a me stessa e a quello che verrà senza di lui.

Le donne che
non hanno paura
degli uomini
li spaventano
(S.d.B)

Vorrei chiudere questa mia denuncia-Diario accennando brevemente alle parole di mia madre, anche per ricordarla, non che la dimentichi mai un momento:

"Chiara, trovare l'uomo giusto nella vita non è facile, intendo quello giusto che non ti veda come una proprietà da usare a suo piacimento invece che una compagna di vita con la quale condividere tutto, con i tuoi diritti e doveri uguali in ugual modo. Io l'ho trovato e spero capiti anche a te, quando capiterà tienitelo stretto, perché credimi una buona parte di loro, nonostante la loro cultura, la loro modernità e la nostra emancipazione è e resta un porco e un maschilista nel suo profondo. Stai attenta perché il diavolo talvolta indossa un abito firmato."

E poi è arrivato Angelo, così diverso, così premuroso, così corretto, così rispettoso... così violento. E il mio mondo è crollato.
Certo non sono tutti così, ma quanti lo sono?

E aggiungo: non sarà Angelo, ma arriverà quello giusto, tra i miei errori non ci sarà quello di non credere che non esista davvero un uomo così. Non mi fermerò, non avrò timore di incontrare l'Uomo Vero che guardandomi negli occhi avrà il coraggio di sussurrarmi; "ti amo e ti rispetto per quello che sei." Domani sarà l'inizio della mia nuova vita.

"Ogni volta che
Si impedisce
a una donna di
esprimersi
in qualunque campo
non si priva una
donna di qualcosa,
si priva l'umanità
di tante cose".
(Lella Costa)

Roma, 4/6/2020

UN'ALTRA MORTE ANNUNCIATA

(Di Donato Ferlini)

Purtroppo, anche oggi dobbiamo riferire un altro femminicidio annunciato e accusare ancora una volta un sistema che per l'ennesima volta è stato incapace di proteggere una donna, l'ennesima, dalla violenza e dalla mania omicida del suo "uomo". E dico "uomo" tra virgolette perché non reputo tale chi si arroga il diritto di togliere la vita alla sua donna. Il sangue innocente di una giovane ha, purtroppo, nuovamente insanguinato le strade della nostra città.

Chiara Magini di anni 29 di Roma è stata uccisa a colpi d'arma da fuoco dal marito Angelo Serino, dal quale era scappata dopo aver subito presunte e ripetute percosse, abusi e violenze, per rifugiarsi in una Casa Accoglienza per vittime di violenza. Si tratta dell'ennesimo brutale caso di femminicidio che si sarebbe potuto e dovuto evitare. La coppia sposata da circa un anno non aveva figli e la ragazza aveva perso i genitori pochi mesi fa a causa della pandemia che ancora imperversa.

Chiara solo un mese fa, aveva denunciato il marito per percosse e violenze, presentando foto e video piuttosto espliciti degli abusi subiti, che acclaravano senza ombra di dubbio, quanto fossero stati gravi i maltrattamenti perpetrati a suo carico per settimane. L'uomo, fermato e interrogato dopo la denuncia, aveva respinto con decisione ogni accusa, accusando un fantomatico rapinatore dell'aggressione subita della donna, durante una sua uscita non lontana dal luogo i cui hanno l'appartamento che condividevano, tuttavia, gli era stato intimato di non avvicinarsi a meno di cento metri dalla moglie separata, in attesa del processo. Pare che l'uomo non volesse accettare la richiesta di separazione presentata da Chiara, dopo essere fuggita da lui e averlo denunciato, abbia scoperto il suo nascondiglio e passasse ore appostato davanti alla Casa in attesa che lei uscisse.

Il delitto, il nuovo femminicidio, l'ultimo di una serie sconvolgente, è avvenuto ieri pomeriggio, quando la ragazza e il suo avvocato stavano lasciando il rifugio per salire sulla macchina di lui, che avrebbe dovuto accompagnarla nella sua nuova residenza, a Prato, lontano dal marito, presunto violento.

Angelo S. che stava nascosto dietro un'auto poco lontano, si è fatto avanti vedendo la coppia uscire e chiamando a gran voce la ragazza ha estratto una pistola, non denunciata, l'ha puntata crivellando di colpi, pare quattro, la giovane Chiara che è crollata a terra esanime urlando "Angelo, no". Nella sparatoria è rimasto gravemente ferito anche il legale, amico d'infanzia della giovane che seguiva per lei tutte le questioni legali ed ereditarie, anche se le sue condizioni al momento pare non destino preoccupazioni. Prontamente assistita la giovane è purtroppo deceduta, in seguito alle molteplici gravi ferite subite, nell'ambulanza che la trasportava al vicino ospedale Policlinico Agostino Gemelli. L'omicida è riuscito a scappare alle forze dell'ordine, che sono sulle sue tracce e ritengono abbia i minuti contati. Le accuse verso l'uomo, conosciuto come un serio professionista, una persona retta e corretta in ogni situazione, avevano lasciato sorpresi e increduli amici, colleghi e conoscenti che non riuscivano a credere che la persona di cui parlava la moglie, che lo accusava di ogni tipo di nefandezze, fosse la stessa persona che loro conoscevano bene e frequentavano. Tutti hanno riferito che i due formavano una coppia felice e unita, fino alla pandemia. Un altro mostro liberato dalle sue catene dalla chiusura sanitaria obbligata? Purtroppo, questo è solo uno dei tanti casi di maltrattamenti sfociati in femminicidio, avvenuti in seguito alla convivenza forzata imposta per fermare la pandemia che ha colpito il mondo intero. Uomini che mal sopportano la vicinanza delle loro donne se imposta H24, portando a un acuirsi dei maltrattamenti in maniera esponenziale. Chissà se gli inquirenti riusciranno ad appurare la verità e capire che cosa sia effettivamente successo nell'appartamento dei due giovani sposi felici, finora, agli occhi di tutti. Alcune voci parlano della presenza di un diario scritto dalla donna, ora in mano agli inquirenti, che, si spera, farà luce sulle ombre ancora esistenti su questa triste vicenda. Se sulle azioni compiute da Angelo S. nell'intimità del loro appartamento spetterà agli investigatori appurare fino in fondo come si sono svolte e se siano state o meno criminose, su quest'ultimo suo insano gesto non penso ci siano dubbi che sia stata la sua mano armata a privare della vita la donna che aveva sposato, giurato di amare e che lo aveva abbandonato. A testimoniarlo diversi attendibili testimoni oculari. Le leggi, lo stato, non sono in grado di difendere queste donne, già provate da situazioni difficili, spesso annose, che non dovrebbero esistere in una società civile né sfociare in qualcosa di così brutale come un omicidio. Purtroppo, quello di Chiara è il quarto femminicidio per mano di un marito violento e abbandonato o respinto, solo negli ultimi dieci giorni. Quando l'uomo respinto inizierà a capire che la donna non è una sua proprietà e che ha il diritto di decidere di sé stessa e che amarla significa prima di tutto lasciarla libera se è ciò che lei vuole? Quando lo stato farà qualcosa di concreto per difendere al meglio le donne da uomini mediocri e retrogradi ed evitare che la Chiara di turno sia privata del suo futuro?

Auguriamoci che qualcuno o qualcosa intervenga in modo radicale per cambiare questa situazione drammatica e insostenibile che sta dilagando e che le donne non debbano più morire per mano dei loro uomini che dicono di amarle non capendo che se armano la loro mano contro di loro non è un amore sano bensì follia. Inoltre, voglio evidenziare anche il problema che ricade sulle famiglie delle donne private della vita. I loro figli, genitori e parenti, che anche loro si trovano indirettamente privati da affetti che non avranno più e che spesso incidono negativamente su tutto il loro futuro.

Per tutte le violenze consumate su di lei,

per tutte le umiliazioni che ha subito,

per il suo corpo che avete sfruttato,

per la sua intelligenza che avete calpestato,

per l'ignoranza in cui l'avete lasciata,

per la libertà che le avete negato,

per la bocca che le avete tappato,

per le sue ali che avete tarpato,

per tutto questo e tanto altro...

in piedi, signori, davanti a una Donna!

(W.S.)

Fine

La storia raccontata in questo libro è pura invenzione, scaturita dalla fantasia dell'autrice: nomi, luoghi, date sono usati in modo del tutto fittizio per agevolare lo svolgersi del racconto. Qualsiasi riferimento a persone vive o defunte è puramente casuale e non voluto e me ne scuso. Nonostante l'argomento sia da me molto sentito, non ho la presunzione di immaginare e capire appieno, non avendole subite, le sofferenze che centinaia, migliaia di donne vittime della violenza degli uomini, subiscono ogni giorno in Italia e nel mondo. Questo racconto è per tutte loro, unisco la mia voce alla loro per dire che spero che le sofferenze non siano vane e si possa tutte vivere un giorno in un mondo più giusto, più dignitoso, dove il rispetto per la Donna sia al primo posto nei pensieri degli uomini e di tutti.

Non voglio però, neanche sotterrare tutti gli uomini sotto un'etichetta negativa, non sarebbe giusto.

Voglio, quindi, chiedere scusa agli uomini che non solo amano le donne, ma danno loro il dovuto rispetto - che è dovuto a tutti a prescindere dal genere - e ne conosco tanti, che le amano in modo corretto, stravedono per loro, le rispettano a tutto tondo, non si sognerebbero mai di alzare un dito su di loro figuriamoci maltrattarle, umiliarle o ucciderle. Sono sicura siano la maggioranza. Rispetto e amo tutti questi uomini che immagino si sentano lordati da una minoranza che li umilia, che ledono la loro dignità, che li fanno vergognare chiamandosi nello stesso modo: uomini! Tuttavia, questa minoranza in aumento non capisce di non meritare questo nome comune e di non essere veramente un uomo. Chiedo scusa a quelli che sono persone egregie, sanno cosa sia il rispetto e l'amicizia e la dignità; per tutti voglio citare mio padre, una persona che dire solo meravigliosa sarebbe fargli un torto. Purtroppo, gli altri, quelli che non riescono a uscire dalle loro caverne, che hanno una visione del mondo e degli affetti limitata, che con tutta l'istruzione, la loro modernità e professionalità, arrivati, soddisfatti, ai vertici della società, sono ancora legati dai freni dell'ipocrisia, dalla mentalità chiusa che li fa pensare a loro ancora come a degli animali dominanti e ciò li porta invece ad azioni che offendono tutti gli esseri umani e che per quanti pochi siano sono sempre troppi e che sono solo degli "animali" appunto, con tutto il rispetto per i veri animali. Uniamoci per combatterli, non gli uomini in generale, dunque, bensì quelli che non capiscono cosa sia il rispetto, non lo esercitano e infettano la società.

Quando una donna è assalita
non può perdere tempo a riflettere
su violenza o non- violenza.
Il suo compito primario
È l'auto difesa.
È libera di impiegare
Qualsiasi metodo o
mezzo che le venga in
mente pur di difendere
il proprio onore e la sua vita.
Dio le ha dato
unghie, denti, gomiti...
e tacchi e punte di scarpe!

Scrivere questo racconto mi ha portato a fare una volta di più alcune considerazioni su cosa sia oggi il rispetto per le donne e i loro diritti. Quante Chiara abbiamo oggi nel mondo che levano lo loro voce, spesso inascoltata, in una richiesta di aiuto? La mia storia inventata potrebbe essere la più vera e attuale che riflette la realtà di molte altre storie che accadono ogni giorno, molte delle quali restano invisibili, sconosciute, ma non per questo meno tragiche e dolorose. Ci sarebbe molto più da scrivere, che non alcune pagine di un diario-verità sul femminicidio, sullo stupro e sui diritti calpestati delle donne da sempre. C'è chi lo sa fare certamente molto meglio di quanto riesca a farlo io: tante famose scrittrici italiane, e non solo, denunciano continuamente e benissimo la tragica violazione dei diritti femminili nei loro libri. Anche attrici, donne di grande cultura e peso, artisti... levano le loro voci e spendono il loro tempo in difesa di tali diritti e per il rispetto che anche a tutte noi è dovuto nella società, nell'ambiente lavorativo, nelle famiglie e ovunque. Ciononostante, nel mio piccolo, vorrei fare anch'io qualche riflessione e pormi qualche domanda. Quante sono le Chiara le cui storie si sono perse nel tempo, dimenticate, quante quelle cui dobbiamo confrontarci ogni giorno e quante ancora prenderanno il suo posto, lasciando dietro di loro scie di dolore, lutti, orfani, vite spezzate, anche quando non tolte, talvolta sconosciute, tuttavia, tutte importanti. Tante parole e tanta indignazione al momento e poi pochi cambiamenti, come è già successo finora. Tanto si è fatto nel tempo, ma troppo c'è ancora da fare e osservando Chiara, Valentina, Ilaria, Veronica, Elisa, Concetta, Monica, Rosalia, Jennifer e tutte le altre con loro - centinaia in Italia e migliaia a livello mondiale -è normale affermare che la morte di ogni donna, lo stupro di ogni donna, ogni lacrima versata, ogni mano alzata per difesa da ogni donna contro un atto o una parola non rispettosa di un uomo è il fallimento dell'umanità. Ancora! Se la società attuale, fosse davvero 'moderna e giusta' nulla di tutto ciò dovrebbe ancora esistere e non staremmo qui a parlarne, invece, saranno anche cambiate le modalità delle violenze, della privazione dei diritti, della mancanza di rispetto, ma non ciò che le donne continuano a subire ogni giorno in ogni parte del mondo. L'accezione 'giusta' non lo prendo neanche in considerazione, perché poco vediamo di giusto attorno a noi. Moderna perché? perché con il progresso siamo arrivati sulla Luna, perché il mondo è pieno di strumenti altamente tecnologici, di intelligenza artificiale, abbiamo aerei supersonici, perché al posto delle caverne viviamo in grattacieli alti centinaia di piani, perché abbiamo abiti firmati e non più pelli addosso...? Allora come mai l'uomo non riesce ancora a padroneggiare semplici parole quali: DIRITTO, TOLLERANZA, RISPETTO PER GLI ALTRI? L'uomo è solo intelligente, non ragionevole, quindi, se ancora il suo lato animale riesce a superare la sua razionalità?!

Alziamo la voce indignata nel constatare ciò che succede in qualche stato straniero considerato poco civile, firmiamo petizioni, giustamente, in difesa delle donne e dei loro diritti, cancellati per tradizione o religione, ma anche in casa nostra non riusciamo a fermare che alla Chiara del giorno succeda qualcosa di brutto, di essere vittima di violenza e abusi, qualsiasi essi siano.

Cosa è cambiato nel tempo per le donne nonostante i presupposti e i cambiamenti che hanno costellato il passato e i tanti passi fatti per arrivare fino a noi?

L'epilogo della storia di Chiara mette in risalto il femminicidio - solo nel 2020 ce ne sono stati 116 per mano del marito o compagno, ma superiore è il totale delle donne uccise in generale-, tuttavia, quello è stato solo l'ultimo atto di una serie di azioni perpetrate contro di lei nei giorni e nelle settimane precedenti, ignorando completamente i suoi diritti. Violenza verbale, psicologica, fisica, destabilizzare la sua autostima, mancanza di rispetto, ossessione del possesso, crudeltà mentale, imposizioni, tentativi di inibire la sua capacità relazionale, stupro e quanto altro?

Già lo stupro; tanti mariti sono ancora convinti sia un diritto da poter usare a loro piacimento sulla donna che hanno giurato di amare e rispettare. Un'azione ignobile che colpisce profondamente prima a livello fisico e, dopo, più ancora in quello psicologico al quale toglie molto di più, influenzando spesso un futuro che non sarà mai più lo stesso per lei. La frase che "il mostro non dorme sotto il letto, ma vicino a te" è talmente vera da far rabbrividire, perché la maggioranza degli stupri avviene proprio tra le mura domestiche: è il sotteso nascosto, il rispetto negato, le lacrime silenziose, la vergogna taciuta, la delusione inaspettata.

Noi donne Siamo
esclusivamente
proprietà
di noi stesse.
Noi donne abbiamo
bisogno di un Uomo
che ci ami e rispetti
non di un padrone
che ci uccida!

La società si è evoluta, la cultura si è diffusa aprendo le menti, eppure ancora esiste un tipo di formazione e disonestà intellettuale, di persone figlie di questa cultura non ancora al passo coi tempi e con la giustizia, che tende a far ricadere le colpe di troppe cose sulle donne e dare ad altri il privilegio di agire come meglio credono, come unti dal Signore a far prevalere i loro diritti su quelli delle altre. Pur facendo un gran parlare di diritti, dunque, sia gli uomini sia la comunità, con il loro atteggiamento noncurante, continuano a negarli alle donne convinti che esse siano esseri inferiori e di loro proprietà mentre i violenti invece, agiscono impunemente. Che controsenso! Essere donna è quasi una colpa, solo da bistrattare, usare e ignorare. Ancora nella nostra società civile.

Ricordo una frase di un grande film: "Sotto accusa", dove una prostituta aveva avuto il coraggio di denunciare un uomo per violenza sessuale. Diceva che: 'lo stupro è l'unico crimine dove la vittima diventa l'imputato' e questo non solo in tribunale, ed è la verità, purtroppo. Quando una donna è vittima di stupro si scava nel suo passato per trovare una giustificazione all'abuso del maschio, non si considerano reati la sua violenza, il suo travalicare un diritto precipuo della donna, l'abuso su un altro essere non consenziente. No, si cerca invece una scappatoia per lui mettendo il comportamento della donna sotto una lente d'ingrandimento, la sua vita, i suoi comportamenti, le sue idee, la sua professione, qualsiasi cosa possa aver detto o fatto per giustificarlo, per scagionarlo colpevolizzando e accusando lei. Una donna in quanto padrona di sé stessa, può decidere di fare la prostituta, se vuole, e farsi pagare per i suoi servizi, discutibile o meno è una sua scelta, ma nel momento in cui dice 'no, non voglio, fermati' è un suo diritto essere ascoltata, esercita una sua esclusiva scelta di non essere toccata, qualsiasi sia il tipo di lavoro che svolge o le sue tendenze in quel momento è una donna che ha espresso il suo diritto di opporsi a qualcosa che non vuole e si si scavalca questo diritto è reato. Nessuno può o deve metterle le mani addosso accampando la scusa che è quello che l'uomo vuole, che 'lei se l'è cercata' o perché è ciò che lei fa per vivere, per non dover fare i conti con la sua mente ristretta e i suoi istinti bestiali. L'abuso, la violenza, un qualsiasi atto non consenziente è un reato a ogni livello umano e giuridico, non si può pensare che qualcuno sia autorizzato a compierli in virtù del suo genere o quant'altro, punto.

La cosa poco edificante poi, è che spesso le donne vittime di abusi e violenze sono osteggiate proprio da altre donne che le vedono come istigatrici che non sanno stare al loro posto. Non sempre fanno gruppo come dovrebbero e sarebbe logico, come, invece, spesso succede agli uomini. Ancora oggi c'è una frangia che pensa che la ragazza che subisce violenza poteva non provocare, comportarsi meglio, vestirsi più adeguatamente, non uscire la sera da sola, non alzare la voce, ubbidire, non pretendere di fare ciò che fanno i maschi perché non all'altezza. Anche loro allora, essendo donne, non si ritengono all'altezza, si sminuiscono, si sottovalutano, mettono un'arma in mano agli uomini. Perché è così difficile essere unite per le donne e non imparare a essere più coese come fanno loro? Perché addirittura arrivare a pensare che se c'è un problema nelle aggressioni fisiche e morali verso le donne, bisogna ricercarlo in loro non nella mentalità maschile bacata, in uomini che non sono mai cresciuti, non sono stati educati nella famiglia al rispetto e alla parità con le conseguenze che sono sotto gli occhi di tutti. Perché non cercare nello Stato, nel sistema giudiziario carente, che ancora permettono che si portino avanti certe idee e ancora non agiscono in maniera tangibile, coerente e ferma contro ogni abuso? Sono rimasta sconvolta leggendo che una giuria composta da 'sole donne' ha assolto un uomo in una causa di stupro, perché la vittima era una donna 'troppo brutta', e dunque, secondo loro non era stuprabile. Episodio identico è successo anche in Italia, due ragazzi assolti perché la coetanea ritenuta troppo mascolina. Non ci sono parole. È assolutamente incredibile e inconcepibile che delle donne, e uomini, possano solamente arrivare a pensare una cosa del genere! Eppure, ci sono migliaia di episodi di donne contro le donne. Sicuramente se la vittima fosse stata bella, avrebbe comunque perso la causa perché con la sua bellezza aveva irretito l'uomo, provocato, se l'era cercata appunto, perché troppo appariscente o libera, perché non era andata in giro col burka in maniera da non attirare gli sguardi degli uomini su di sé che, poverini, cosa possono fare se non sono capaci di fermare i loro istinti bestiali e li lasciano liberi di fare danni invece di usare i freni della ragione, del buon senso e del rispetto? Quando noi donne riusciremo a camminare tranquille per strada, senza alcuna paura, o stare serene nelle nostre stesse case se ancora regnano certi preconcetti arcaici? L'affermazione che, chiunque, se l'è cercata, che il comportamento di qualcuna porta qualcun altro a violentare, che solo perché donna non ha diritto, oppure solo perché si è 'diversi' da un concetto di normalità, deciso da alcuni, è talmente assurdo in un paese che si definisce civile da avere dei forti dubbi sul termine "civile".

Lo stupro ora è considerato un reato contro la persona. Sì, ORA, tuttavia, non è stato così fino a pochi decenni fa. Una cosa semplicemente ignominiosa, e nonostante la presenza della legge non molto è cambiato praticamente.

Con la legge n. 66 del 15 febbraio 1996: "Norme contro la violenza sessuale" si afferma il principio per cui lo stupro **è un crimine contro la persona, che viene coartata nella sua libertà sessuale**, e non contro la morale pubblica.

Fino ad allora in Italia si faceva ancora riferimento alle leggi dell'epoca fascista che voleva la donna moglie e madre, orgogliosa di essere sottomessa e ubbidiente al marito. Praticamente un oggetto da usare a piacimento, lo stupro era considerato quasi normale, non era punito e la donna non poteva denunciarlo. Oggigiorno sì e le leggi lo riconoscono come un reato contro la persona, allora perché ancora si cercano giustificazioni al comportamento sbagliato dell'uomo in tali episodi criminali, spesso assolvendoli in processi dove la vittima diventa imputata, appunto. Non sono pochi i passi avanti fatti nei diritti in favore delle donne, eppure basta guardarsi attorno per capire che il più da fare è ancora in divenire, che siamo ancora quasi in età arcaica in certe situazioni. La storia è una lunga scia di soprusi verso le donne, perpetrati dagli uomini, in più campi. Perché nessun uomo ha mai pensato di immedesimarsi in una donna stuprata, violata, abusata, invece di offuscare la sua capacità di giudizio con i suoi istinti? Immaginare, se non altro, quanto possa essere deleterio per lei il "suo non diritto" di abusare? Potrà mai un uomo capire ciò che lascia lo stupro, quando si arriva a questo, nel corpo e nella mente di una donna? Quanto influenzano ogni suo pensiero e ogni suo atto, dopo? E anche perché spesso non vengano denunciati, ma curati e affrontati in silenzio? Quando ci si riesce! Uno stupro è la cosa peggiore che possa capitare a una donna in tutta la sua vita, privandola molto di più del suo potere di decidere, a livello psicologico e cambiandola del tutto, talvolta irreversibilmente, nel suo carattere, nella vita, nel suo intimo, nel modo di approcciarsi gli altri e affrontare il mondo. Perde per sempre qualcosa di vitale che nessun uomo le potrà mai rendere, facendola addirittura vergognare di sé e spesso portandola al suicidio.

Piccoli uomini, ma non tutti sono così, meno male.

Chi violenta, uccide, abusa in diversi modi e non solo fisici, ha più diritti di altri e può ancora farlo impunemente? L'uomo può uccidere per antipatia, per diversità, per intolleranza, per opinioni diverse, per invidia, gelosia, troppo amore, per istinto, ma… non viceversa. La donna sarebbe, è, sempre colpevole se commettesse un reato, e non è normale questo istinto atavico; il suo istinto è proteggere, capire, curare, forse perché è madre.

Un tempo, cento, duecento, mille anni fa e più, poteva essere normale, non certo giusto, che le donne fossero sotto il tallone dei maschi, le troppo intelligenti, quelle che osavano, quelle che rispondevano guardando negli occhi, non abbassandoli, che avevano il coraggio di pensare con la propria testa ed esternavano le loro opinioni erano da annientare, da far tacere, da mettere all'angolo a suon di pugni, ma ora dopo migliaia di anni? Purtroppo, è ancora così e non solo nei paesi che noi civili definiamo arretrati.

Ricordo un amico dei miei che usava dire spesso vantandosi della moglie:

"io mia moglie me la sono scelta che era solo una ragazzina e l'ho tirata su come piace a me! Per servirmi e pensare solo a ciò che mi serve!"

Da far venire i brividi. E infatti la moglie ha sempre vissuto una vita da succube, a testa china e zitta ad ascoltare e assecondare i desideri del marito e sempre pronta a esaudire i suoi bisogni e i suoi desideri, a prevenirli anzi. Non ha mai osato ribellarsi né dire una parola fuori posto o contraria al pensiero del marito e solo quando è rimasta vedova ha capito che cosa significasse vivere e respirare liberamente senza l'incubo delle imposizioni dell'uomo. Lui non le ha mai messo un dito addosso, tuttavia urlava, comandava a bacchetta e annullare la personalità, l'identità e la dignità di un altro essere umano non è essa stessa una forma di violenza e non inferiore a quella fisica?

Noi donne Siamo
esclusivamente
proprietà
di noi stesse.
Noi donne abbiamo
bisogno di un Uomo
che ci ami e rispetti
non di un padrone
che ci comandi
e ci uccida!

Nella mia famiglia c'è sempre stata molta libertà, rispetto e fiducia reciproca, sono cresciuta con questo concetto e non riesco ad accettare tutte le ingiustizie che ancor oggi, in una società chiamata evoluta e di vasta cultura dobbiamo ancora vedere nei riguardi delle donne. Ho sempre amato la storia e da sempre mi ha colpito il modo in cui era considerata la figura della donna nelle varie civiltà del passato migliaia di anni prima di me. Senza perdermi troppo nelle usanze degli Ittiti, Assiri, Babilonesi, Egizi e popoli loro contemporanei o a loro prossimi, verso le donne che, lo sappiamo, erano considerate alla stregua di animali, utili solo per la riproduzione e schiavizzate dagli uomini, voglio fare un breve excursus sulla civiltà romana che è stata una delle più grandi e che ha lasciato grandi segni del suo passaggio. Per i romani la figura femminile era molto importante, nonostante non avesse essa quasi diritti. Nei tanti affreschi e nei mosaici arrivati fino a noi, vediamo una donna libera anche nell'intimità, che gioca, sta insieme agli uomini e in alcune rappresentazioni indossa addirittura indumenti piuttosto succinti per l'epoca, simili ai nostri bikini. Sappiamo che andavano liberamente alle terme, alle arene per i giochi, si prendevano per amanti i bei gladiatori di turno o chi volessero - Servilia la più famosa amante di Cesare era sposata e neanche troppo discreta-, che erano molto presenti nella vita pubblica e sociale della città, erano libere e che potevano permettersi molte cose. In realtà, l'obbligo maggiore di ogni donna, era quello di attenersi al suo ruolo di matrona, di Domina della sua casa, un ruolo molto importante, per il quale veniva educata fin dall'infanzia. Alle bambine veniva inculcato che diventare moglie e madre doveva essere la loro più grande aspirazione, che il più importante momento della loro vita sarebbe stato il matrimonio, meglio ancora se con un uomo di potere, diventare madre e educare i figli verso i più puri e tradizionali princìpi del vivere romano. Matrimonio che quasi mai era una loro libera scelta, bensì si trovavano usate come mere pedine di scambio a livello politico e sociale per alleanze e aumento di patrimoni. Cito ancora Cesare che diede la sua unica figlia Giulia al generale Pompeo, ricco e molto più vecchio di lei per cementare una sua alleanza politica e fu solo un caso che la ragazza si innamorò veramente e fu felice con lui, nei pochi anni di matrimonio, prima di morire. Naturalmente il ruolo della donna era deciso dagli uomini e per gli uomini, fatto a misura per i loro bisogni non certo per innalzare lei, nel suo rispetto o ritenendola loro pari. Era il centro della famiglia, istituzione basilare fin dalla nascita della città, per gli uomini. Non dimentichiamo che sono gli stessi uomini che per popolare la neonata Roma rapirono le donne Sabine, come fossero capi di bestiame, per farne le loro compagne e riempire di figli la neonata città composta da soli maschi.

In età repubblicana, circa due secoli prima di Cristo, Catone il vecchio, il censore, figura tramandata come ligia alla tradizione degli antenati, diceva, con una certa soddisfazione e con il brutto sogghigno che abbiamo imparato a conoscere dai libri, che se il marito sorprende la moglie nel commettere adulterio lui 'può ucciderla impunemente' senza alcun bisogno di processo o giustificazione. Impunemente, perché padrone assoluto della donna e poteva disporre di lei e della sua vita come riteneva giusto. Questo interferire dell'uomo era persino stabilito da regole ferree che sconfinavano e interferivano anche nella sfera intima. I maschi nella Roma antica avevano il controllo assoluto della vita delle loro donne, prima i padri poi i loro mariti, ne avevano la patria potestà, il pater familias, e in assenza, questa passava al parente maschio più prossimo. Tali figure potevano punire, a loro discrezione, quelli che consideravano reati o comportamenti non adeguati, commessi dalle donne della famiglia e decidere delle loro vite in molti modi.

Discrezione: dal verbo latino dis-crezio, separare e cernere; capacità, facoltà di discernere e di giudicare in modo giusto ed equilibrato. E pare che solo gli uomini fossero in grado di farlo, come sbagliarsi? E loro si vantavano di avere questa discrezione anche e soprattutto nei confronti delle donne. Domanda: se potessi chiedere a una donna romana dell'epoca quanto fosse d'accordo, che cosa mi risponderebbe? Non credo ne fosse molto felice. Ma si sa, gli uomini hanno sempre avuto la presunzione di saperne di più, anche per quanto concerne il bene della sua donna, se era sottesa la sottomissione. Ogni romano, dunque, aveva potere assoluto, ma quando erano loro a compiere gli stessi reati? nessuna donna 'può nemmeno sfiorarlo con un dito', era la legge fatta ad hoc da loro, anzi dagli 'antenati' che i romani tramandavano ligi. L'uomo aveva anche il potere di costringere una donna ad abortire contro la sua volontà, divorziare da lei senza causa con un semplice scritto, farla divorziare e risposarla con chi preferiva. Le donne non potevano ereditare né votare o accedere a impieghi pubblici prettamente considerati di esclusiva pertinenza maschile tipo le magistrature, le edilizie, le preture o altre cariche politiche. Se rimaste vedove non potevano decidere con chi e se risposarsi, era sempre chi esercitava la patria potestà a decidere e a scegliere chi o se poteva farlo. Per le romane c'era una lunga serie di divieti, persino le cugine etrusche avevano più diritti e più libertà di loro; qualcosa, ma poco, iniziò a cambiare in epoca imperiale e solo ad alti livelli: Aurelia Cotta madre di Cesare, Livia Drusilla moglie di Cesare Ottaviano, Elena madre di Costantino o Galla Placidia solo per ricordarne alcune. Sappiamo, però, che talvolta erano potenti quanto e più degli uomini se sapevano destreggiarsi bene nella vita politica e sociale di Roma. Nelle loro Domus non erano così sottomesse e trovavano scappatoie di vario tipo anche all'interno delle leggi per far valere i loro diritti e in molti casi arrivarono persino a sfidare la supremazia dei maschi. Diciamo che il femminismo è figlio dell'età moderna, eppure, anche le donne romane nel 195 a.C, nel 558 a.U.c., scesero in piazza per chiedere l'abolizione di una legge che le penalizzava e limitava alcuni diritti,

delle più ricche in realtà, la Lex Oppia. Stabiliva che le donne non potessero possedere più di mezza oncia d'oro- circa un grammo- vietava indossare abiti dai colori troppo vivaci e andare in carrozza se non per partecipare a cerimonie religiose e altre limitazioni di vario genere. Non solo scesero in piazza, ma bloccarono le vie di accesso alla città avvicinando gli uomini e incitandoli a sostenerle e, ancora, dopo si recarono in massa a casa dei tribuni e fecero forse il primo sit-in dimostrativo della storia chiedendo e ottenendo alcuni loro diritti. Il solito Catone bollò l'evento come 'un'insurrezione di matrone in preda al panico' e avvisò i senatori del rischio che correvano se le avessero ascoltate: le donne avrebbero potuto mettere in discussione le leggi che le vedevano sottomesse ai padri e ai mariti, istituite dai loro antenati, pensare di essere loro pari e iniziare a chiedere altri diritti. Come a dire che cedere significava creare dei precedenti che avrebbero potuto far alzare la testa a quelle 'pazze'. Non fu ascoltato e la legge fu abrogata. Approfittarono altre volte di insinuarsi in lacune legislative per emanciparsi dal controllo dei maschi e talvolta ottenere qualcosa, tuttavia, restavano sottomesse nei punti importanti.
Ci sorprende? Tutto ciò accadeva oltre duemila anni fa, era la più grande civiltà, ma ora lo siamo di più no? Non scomodiamo più gli antichi romani e facciamo un bel salto in avanti, a un tempo non molto distante da noi. Fino a metà del secolo scorso in Italia e non solo, le donne non avevano diritto di voto, al quale sono

arrivate solo tra il 1945-46 - negli Usa nel 1920 e in alcuni paesi ancora non lo hanno- dopo varie lotte portate avanti da gruppi di donne, anche sanguinose e traumatiche, le cui partecipanti furono chiamate 'suffragette' da suffragio, voto, appunto. Le donne pur lavorando quanto e più degli uomini, in alcuni campi, non solo non erano, e non lo sono ancora del tutto, retribuite quanto i colleghi, ma non avevano diritto a tenere per sé i soldi guadagnati. Non potevano denunciare qualcuno né presenziare nei tribunali neanche in azioni che le vedevano imputate. Addirittura, in Inghilterra, una donna anche dopo la separazione dal marito, per colpa di lui, i diritti del suo libro non poterono essere incassati da lei, bensì dal marito, come a lui furono destinate tutte le proprietà ricevute dalla donna in eredità dalla sua famiglia e anche… c'è da dubitarne, la custodia dei figli. La donna non poteva neanche viaggiare all'estero, né fare nulla da sola. In Italia fino a una settantina di anni fa nelle chiese uomini e donne occupavano una parte diversa della navata e alle donne era vietato uscire da sole o fermarsi a parlare con un uomo che non fosse un parente se non volevano essere bollate come poco di buono, figuriamoci entrare in un bar o andare a cena con un amico, da sole. Questo e altri episodi di disparità in tutto il mondo moderno hanno portato a un movimento femminista, alle lotte per arrivare all'emancipazione femminile, all'affrancarsi del dominio e dal potere, anzi strapotere, maschile, facendo fare enormi balzi avanti alla società nel riconoscere i loro diritti. Emancipazione soffocata, purtroppo, sotto il fascismo, quando ebbe una pesante battuta d'arresto e per le donne iniziò un periodo in cui il loro percorso verso i giusti diritti andò a ritroso. Furono relegate, di nuovo, quasi completamente al ruolo di mogli e madri annullando e bloccando i benefici conquistati. Non solo, a loro furono affidati esclusivamente dei ruoli subalterni perché ritenute: 'poco o meno intelligenti degli uomini'. Il governo intervenne anche sui salari riducendoli a meno della metà di quello maschile per lo stesso motivo. L'economista Loffredo motivò allora la sua scelta con queste parole:

'La indiscutibile minore intelligenza della donna le ha impedito di comprendere che la maggiore soddisfazione può essere da essa provocata solo nella famiglia, quanto più onestamente intesa... Il lavoro femminile crea nel contempo due danni: la mascolinizzazione della donna e l'aumento della disoccupazione maschile. La donna che lavora si avvia alla sterilità, perde la fiducia nell'uomo, considera la maternità un impedimento, difficilmente riesce ad andare d'accordo col marito, concorre alla corruzione dei costumi, inquina la vita della stirpe."

Tali persone parlavano in questo modo solo un'ottantina di anni fa- e quanti ancora lo fanno- e ci meravigliamo che migliaia di anni prima le donne fossero sottomesse agli uomini? In certe affermazioni io vedo solo la paura dell'uomo nell'equiparare i diritti tra i generi perché, benché l'economista strillasse ad alta voce la poca intelligenza femminile, era più che consapevole che la donna lo era molto di più degli uomini, di lui sicuramente, e ne aveva paura.

"Un vero uomo accarezza la sua donna...
un vero uomo piange per la sua donna...
un vero uomo fa sentire regina la sua donna...
un vero uomo lotta per la sua donna...
la protegge... non la lascia mai sola...
un vero uomo non può stare lontano da lei...
un vero uomo non picchia la sua donna...
un vero uomo degno di questo nome...
NON UCCIDE
la sua donna..."

Queste pagine mi portano a considerare che anche in letteratura, fino a non molto tempo fa, la differenza tra uomo e donna è sempre esistita. Un tempo alla donna era impedito persino leggere poi scrivere, figuriamoci far strada come autrice dei suoi scritti. Come se le donne non fossero in grado di farlo bene quanto gli uomini, e non in ogni campo, quasi fossero meno portate di loro. La Storia, però, è piena di uomini che hanno ottenuto riconoscimenti e premi famosi per lavori e scoperte, di fatto attribuibili a mogli o colleghe brillanti, la cui unica colpa era quella di essere donna e non poterli presentare. Quanti esempi di donne che, pur scrivendo testi egregi, si sono dovute camuffare sotto uno pseudonimo maschile perché i loro scritti fossero accettati dagli editori e sono venute allo scoperto solo dopo che i libri avevano ottenuto un grande successo? C'è un lungo elenco soprattutto nella giallistica che un tempo era di esclusiva pertinenza maschile, ma nella quale le donne hanno dimostrato di essere migliori, e non solo in quel genere. Le Bronte, per esempio, hanno scritto tutte e tre sotto lo pseudonimo di Currer Bell, Ellis Bell e Acton Bell mantenendo le loro vere iniziali, la Evans-George Elliot, Violet Paget- Vernon Lee e la lista è davvero lunga. È successo con le scrittrici del passato e accade ancor oggi. Cito per tutte J. K Rowling. Allo stesso modo fino a non molto tempo fa alle donne era vietato iscriversi a determinate facoltà universitarie considerate prettamente maschili: medicina, ingegneria, economia e altre e tutt'oggi non dappertutto c'è una vera parità e ancora le donne lottano per ottenerla. Diversi atenei hanno cercato di modificare le regole, anche se nella pratica difficilmente candidati di diverso genere sono valutati a pari merito. È noto di donne che per iscriversi a medicina o a ingegneria si sono dovute camuffare da uomini e adeguare il proprio nome in versione maschile per poter frequentare e conseguire, infine, lauree col massimo dei voti superando molti colleghi 'maschi'.

È recente la notizia di un'università giapponese che falsificava i test di ammissione delle candidate per favorire l'accesso agli allievi. Fino a non molti anni fa la donna che osava indossare i pantaloni rischiava di essere arrestata oppure era gratificata con appellativi poco signorili e dispregiativi. Da sempre e in ogni campo, la donna è stata discriminata, ritenuta inferiore, non all'altezza dell'uomo e ha dovuto lottare per dimostrare la propria intelligenza, il suo valore e poter fare ciò che all'uomo era automaticamente permesso. Tuttavia, quando hanno iniziato a far sentire la propria voce, gli uomini le hanno ridicolizzate e discriminate ancor più, presumibilmente perché, intuendo la loro forza, l'intelligenza e la bravura, detestavano l'idea di essere soppiantati, di perdere i privilegi acquisiti, come diceva Catone, se esse fossero riuscite a ottenere la parità che chiedevano. Era, ed è, inconcepibile, per loro, pensare che creature fino ad allora dedite alla casa e ai figli potessero fare e dire ciò che l'uomo faceva e diceva, lavorare come loro, comandare come loro, parlare in pubblico come loro, vivere come loro, vestirsi come loro, addirittura fare carriera in campo militare. Alcuni pensavano inoltre che se la donna avesse ottenuto la parità dei diritti, la famiglia, come si era conosciuta fino ad allora, si sarebbe disgregata e lottarono contro la donna per una famiglia unita. La storia ha dimostrato che la donna è capace di saper fare tutto ciò che fa un uomo, spesso anche meglio, di avere una carriera e sobbarcarsi pure egregiamente il peso di una famiglia, l'educazione dei figli e altro, attività nelle quali l'uomo interviene molto poco, mentre spesso non è vero il contrario. Forse, anche il rendersi conto delle capacità delle donne, ha portato gli uomini a sviluppare una sorta di rivalsa e di astio nei loro confronti, rabbia che sfogano in differenti modi fino alla violenza e gli abusi, sentendosi inferiori.

Duemila anni fa il marito poteva uccidere la moglie restando impunito se lei lo tradiva, tuttavia, da noi il cosiddetto 'delitto d'onore' che permetteva a un marito di ricorrere allo stesso atto senza peraltro incorrere in una punizione è stato abolito solo nel 1981 esattamente il 5 agosto! Trentanove anni fa! È pazzesco, inconcepibile, quanti anni di soprusi e ingiustizie ha dovuto sopportare la donna in ogni campo. È stato abolito il delitto d'onore si è fatto dunque, un grande passo avanti è così? Un grande cambiamento finalmente!? Non proprio, a mio avviso.

L'uomo che ti ama
Veramente non è
quello che ha paura
di perderti,
per egoismo,
bensì è quello che
ti ama tanto
da accettare di
perderti pur
di saperti felice.

Che cosa è cambiato?

Alcune cose si sono modificate, tuttavia sono state tutte dei passi avanti? Tanti anni di lotte per avere i nostri diritti su tanti campi, per raggiungere la parità di genere nei secoli, i conflitti, le vittime, le suffragette, l'emancipazione femminile, hanno fatto passi da gigante e le lotte in molti campi hanno portato ad alcuni cambiamenti importanti. La donna è senz'altro più libera nella collettività: può uscire e può viaggiare da sola, può scegliere la facoltà che preferisce all'università, può sedersi fuori a un bar senza essere accompagnata e senza creare scandalo, scegliere se e chi sposare e se divorziare, se lavorare e avere una carriera o stare a casa, se affrontare una maternità, avere amici dell'altro sesso, andarci a cena fuori, ha conquistato i pantaloni e la minigonna, legge, scrive e firma i suoi libri con il suo vero nome, è attiva in politica, può diventare presidente dello stato, comandante, generale e tanto altro, tuttavia, in tutta questa modernità e diritti non ha ancora ottenuto il più importante diritto quello 'al rispetto'! Nonostante tutto, la parità per la donna non è così reale come si vuol credere e come hanno preso certi uomini cambiamenti ottenuti? Pensano che non li meritiamo, che sono troppi, che non siamo alla loro altezza, ancora. Tanto c'è da fare ancora e il delitto d'onore, il diritto di uccidere, forse meno impunemente, e spesso intervenendo troppo tardi, è stato sostituito da una piaga che ora nel mondo è peggiore di un virus, di una pandemia, perché 'voluta'.

I femminicidi!

Ovvero, uomini che uccidono le donne! Una piaga orribile e interminabile.

È stato addirittura necessario coniare un neologismo per l'omicidio di una donna per mano di un uomo: Femminicidio, perché non è un omicidio come un altro, bensì: "l'uccisone di una donna, da parte di un uomo, quando il fatto di essere donna costituisce l'elemento scatenante dell'azione criminosa."

Le ragioni tante nei cervelli arretrati degli uomini, nessuna giusta, tuttavia per loro è ancora un diritto acquisito nei tempi e mai abolito veramente leggi o meno, è talmente stratificato a fondo nella loro mentalità ristretta che è la cosa più difficile da estirpare, da cambiare pur in presenza di leggi e sanzioni e, diciamolo, non tutte idonee.

Sembra impossibile che nel 2020, con l'uomo e la donna che hanno persino conquistato lo spazio, far capire a un uomo ottuso una cosa talmente semplice quale: 'il rispetto per l'altro sesso' e 'i suoi diritti', che sono uguali a quelli che da sempre ha lui. È impossibile per la donna avere tutto ciò senza che debba sentirsi diversa o catalogata e giudicata sempre in senso dispregiativo per quelle libertà acquisite e dovute e che per l'uomo restano, tuttavia sempre: 'troppe libertà'. Senza mai chiedersi chi è lui per giudicare e ritenersi superiore!

La verità è che quando un
uomo ti desidera, quando ti vuole con sé
realmente, mette da
parte tutto il mondo.
Mai arrendersi per venirti a prendere e
farti sua... non esistono paure...
non esistono le scuse...
non esistono i chilometri...
il voler essere liberi per un po'...
i problemi...le difficoltà...non esiste niente...
perché se veramente si desidera qualcosa,
non si ha neanche il tempo di pensarle tutte
queste scuse. L'unica cosa che viene da
pensare è: Voglio lei"
(M. B.)

Che la donna sia un essere inferiore e di proprietà esclusiva del maschio è un concetto talmente radicato nei cervelli di tanti che persino l'uomo più femminista talvolta si lascia andare a frasi che reputa normalissime o di spirito senza rendersi conto di quanto generalmente siano detestabili e umilianti. Come quella di Angelo in merito alla ragazzina bella e innocente, per esempio. Luoghi comuni da sfatare ma che tanti, troppi derivano da convinzioni radicate ed errate. Si va da alcune parole, alcune accezioni di uso, diciamo comune, parole e frasi di significato diverso e lontanissime tra loro che al maschile hanno un determinato significato e stranamente se declinate al femminile assumono di colpo il senso opposto o luoghi comuni equivoci e totalmente dispregiativi, offensivi e umilianti che portano tutti nella stessa direzione nei confronti della donna: sgualdrina! C'è un lungo elenco che le riporta, scritto proprio da un uomo, il famoso Prof Bartezzaghi, non per offendere la donna. Come diceva Paola. C. nel suo monologo sulla donna nel 2018. "Un uomo di strada? È un uomo del popolo- una donna di strada? Una p. ; Un uomo disponibile? È un uomo generoso-una donna disponibile? Una p. Buon uomo-buona donna. Idem. Un uomo che ha un protettore- una donna che ha un protettore? Idem. Uno zoccolo è un tipo di calzatura- una zoccola? Una p...; Uno squillo del telefono, solo uno squillo- una squillo? Una p... , E così via la lista è lunga. Luoghi comuni al femminile sempre tesi a offendere la donna. E si continua con le frasi che sentiamo tutti i giorni, che vorrebbero forse essere simpatiche nei loro confronti e chi le pronuncia non si rende conto di quanto siano umilianti e sessiste, proprio perché infiltrate di discriminazione nelle menti degli uomini, e talvolta persino di alcune donne. Non sono solo parole, sono convinzioni alle quale questi cosiddetti maschi non sanno rinunciare e la cosa peggiore è che fungono da esempio ai bambini, ai ragazzi che infine, pensano sia normale dire e poi fare e tramandare ciò che 'i grandi dicono e fanno'. Gli adulti sono più istruiti, hanno vissuto, conoscono il mondo, sanno molte cose, se lo dicono loro perché non imitarli, perché non pensare che valgono più delle donne, che queste sono di esclusiva proprietà maschile, che sia giusto umiliarle, mortificarle, deriderle, ucciderle: se lo fanno loro è giusto farlo, se lo dicono gli adulti sarà la verità!? Esempi!

L'esempio infatti è la più importante lezione di vita per i bambini. Non avremmo adulti migliori e più rispettosi, meno violenti, se si insegnasse ai bambini a rispettare la donna invece che a dileggiarla? Se si dessero esempi migliori volti al rispetto, a far capire che ogni donna è la loro sorella, la loro amica, la loro mamma?

"Quanto è in gamba quella per essere una ragazza!"

"Te la sbrighi bene per essere una donna!"

Come dire che in quanto donna è già inferiore, ma se si comporta come un maschio... oppure quando una donna fa qualcosa fatto bene...

"Eh però che brava, hai proprio le palle...!"

Come se gli uomini solo perché le hanno fossero migliori e una donna al pari dell'uomo metaforicamente... E purtroppo è una frase che persino alcune donne dicono, talvolta anche di se stesse. Sarà, ma io lo non la sento come un complimento. Sbaglio?

"Chissà cosa ha fatto quella per lavorare lì!"
Perché la donna non ha meriti suoi e un'intelligenza anche superiore che le permette di arrivare dove merita persino in un mondo molto poco meritocratica.

"Certo però, anche lei se va in giro vestita così, ci credo che...!"
Perché essendo donna non ha il diritto di scegliere di abbigliarsi come preferisce se i capi non sono quelli istituzionali, scelti all'interno dei paletti messi in atto dalla stupidità maschile, altrimenti è come se mandasse un messaggio sbagliato che solo le menti bacate dei cavernicoli percepiscono, poverini.

"Lascia stare, quelle sono cose da maschi!"
Certo ci sono cose da maschi che la donna non potrà mai fare, come dicono i bambini all'asilo, del tipo scrivere con la pipì, tuttavia, per quanto riguarda a livello intellettuale e sociale non esiste cosa da maschio che la donna non fa e anche meglio di loro se vuole. E così via, l'elenco sarebbe troppo lungo. Certi stereotipi sono ancora troppo comuni e insiti nella vita di tutti i giorni, difficili da cambiare e che devono scomparire, se vogliamo che cambi veramente qualcosa.

Parole? Sarebbe bello se così fosse ma... come dice l'attrice se la 'parola' fosse l'esternazione di un pensiero ben radicato nelle menti e nelle convinzioni, allora sarebbe terribile, sarebbe una tragedia perché potremmo trovarci che alle parole seguano i fatti e i fatti, infine, sono quelli che ci troviamo ad affrontare quasi ogni giorno.

Una donna stuprata! Una donna uccisa! Una donna violata nel suo intimo e privato! La possibilità che l'uomo si convinca sia normale uccidere la sua donna, nascondendosi persino dietro il suo grande amore per giustificare le azioni indifendibili, e ingiustificabili. Sentiamo frasi del tipo:

"L'amavo troppo non potevo rinunciare a lei e voleva lasciarmi."

È amore?

"Se non sarai mia non sarai di nessun altro."

E così via. Se un uomo ama davvero non fa della donna una sua proprietà, il suo optional, la sua ossessione, il suo giocattolo, bensì la sua più grande priorità, lasciandole la sua libertà e la sua dignità, non penserebbe mai a ucciderla per non perderla, la lascerebbe andare libera. Purtroppo, l'ossessione per la proprietà della donna, forse innato, è qualcosa che comincia dall'infanzia, ma che in molti non si vince crescendo e usando l'intelligenza, bensì si acuisce proprio in virtù dei cattivi esempi come ho detto. Inizia già quando i bambini all'asilo 'per ridere' alzano la gonna alla compagnetta per vedere cosa c'è sotto, "solo per ridere e far ridere gli amichetti" e magari vede che pure il padre ride e gli fa i complimenti, perché non rifarlo? Come pensare che sia una cosa sbagliata se il papà è d'accordo? Quale bimbetta fa calare i pantaloni a un bimbo per soddisfare la stessa curiosità, solo per ridere? Poi crescendo i maschi, sempre per ridere, iniziano ad allungare le mani per toccare, palpeggiare le coetanee, sentendosi autorizzati, e magari restano sorpresi, offesi, se la ragazza reagisce con una sberla. Perché nessun ragazzino si chiede mai se l'azione che lui fa, ridendo e intenzionalmente, leda la libertà, il rispetto e la dignità della ragazza? Se a lei fa piacere che lui si prenda certe libertà? Si è mai chiesto se è giusto e perché crede di poterlo fare? Perché non se lo chiedono neanche i padri? I ragazzi piano piano crescono con la mentalità che 'possono', che sia un loro privilegio, che la donna sia qualcosa che gli appartiene, che ne hanno il potere e perciò si permettono ciò che vogliono e... zitte!

Chi non ha mai sentito un padre riferire orgoglioso agli amici le esplorazioni di suo figlio nei confronti di una ragazzetta? Qualcuno si permette di non ridere e dissentire? Qualcuno si è mai chiesto se fosse sbagliato, qualcuno ha mai sgridato un figlio per tale atto, insegnandogli che è un errore non qualcosa di cui vantarsi, che c'è qualcosa chiamato rispetto per la donna, che non sono di loro proprietà e che la libertà di ognuno termina dove inizia quella dell'altra? La paura e la ribellione, delle donne secondo me inizia a quest'età; la paura di non essere viste come esseri umani con una loro volontà e una loro identità e dignità, la paura e la sicurezza di non riuscire a sentirsi mai al sicuro con un uomo e di sviluppare automaticamente la convinzione che l'essere donna sia una condizione svantaggiata in partenza a causa dell'errata mentalità dei maschi, e da lì la ribellione a tutto ciò.

E vogliamo parlare della vergogna? Quella brutta sensione che certe parole e azioni inopportune degli uomini provocano in noi?

Vorrei accennare brevemente ad alcuni episodi reali e significativi estrapolati da fatti accaduti a delle mie amiche. Una, da bambina, ha avuto delle proposte per lei poco comprensibili, ma nella sua ingenuità aveva capito fosse qualcosa d'indecente e l'aveva portata a cambiare il suo modo di comportarsi e chiudersi in sé. Un'altra, solo ragazzetta durante feste o incontri con amici era stata fatta oggetto di situazioni imbarazzanti da parte di un amico, o di frasi esplicite e offensive in un'altra occasione, difesa in questa proprio da un altro amico – uno con il cervello da vero uomo oserei dire- e mi chiedo chi usando l'autobus o il treno a Roma, e ovunque, non sia incappata in una violazione di quella libertà che termina quando inizia l'altra. Episodi che le hanno costrette a scendere all'improvviso o a usare i tacchi delle scarpe o i gomiti per far capire che non gradivano ciò che le bestie... Dettagli? No, è riduttivo chiamarli così perché sono atti di che derivano da malesseri e disagi che poi portano a ben altro più importante e tragico. Sono violazioni vere e proprie dell'altrui dignità e intimità, che hanno portato, e portano, le ragazze a un senso di vergogna, di paura e chiusura, quasi avessero fatto loro qualcosa di sbagliato per quei gesti e quelle parole non gradite. Si erano sentite sporche, profondamente turbate oltre che offese e impaurite e non hanno osato parlarne con nessuno né hanno avuto il coraggio di svergognarli davanti a tutti per timore di sentirsi rispondere che erano state loro a causare o tentare gli approcci. Poi ci meravigliamo del perché la donna talvolta tende a non denunciare gli abusi e vorrebbe solo a dimenticare. Un uomo potrà mai capire che cosa scatena in esse una violenza anche solamente verbale, non parliamo poi degli stupri? La vergogna è solo uno dei sentimenti, oltre la paura, la sfiducia, suscitato dal profondo turbamento accompagnato dei sensi di colpa, che gli uomini con i loro atteggiamenti, le loro parole, con le loro attenzione non richieste, con la loro aria di poter fare di noi ciò che più gli piace, fanno sviluppare in noi. I loro apprezzamenti, le loro allusioni volti a carpire e a minare la fiducia innata ci inducono a dubitare di noi e a provocare una insinuante vergogna e la paura che gli altri venendo a conoscenza di certi fatti possano esprimere un giudizio sfavorevole nei nostri confronti, quasi la colpa e la causa fossero nostre e perciò noi meritevoli di disprezzo, che dubitino di noi, ci sgridino magari, non ci credano e ci accusino come spesso capita, e si finge non sia successo nulla. Nascondiamo tutto nel profondo, ci impediamo talvolta di essere noi stesse e di denunciare e così facendo, facciamo il gioco dei maschi; loro intuendolo, sanno di restare impuniti, o rivoltano l'accusa, mettendoci in difficoltà. È sempre la solita storia, gli uomini si comportano male e noi donne ci sentiamo colpevoli e ci vergogniamo e questo e l'esito di anni e anni di predominio maschile che ci ha fatto quasi il lavaggio del cervello e ci ha portato a essere insicure e vulnerabili e il loro cervello troppo piccolo perché arrivi a capire che le loro insinuazioni, i loro approcci, i loro favori, secondo la loro mentalità bacata, potrebbero non essere graditi.

Bambini, ragazzetti, giovani, adulti, vecchi, tutti accomunati da qualcosa di sbagliato: l'avere il privilegio acquisito chissà dove e quando, e completamente sbagliato, di avere per diritto il predominio sulla donna! Non solo del suo corpo, ma persino dei suoi pensieri.

Aggiungiamo anche al calderone, dunque, un altro problema che lungi dall'essere stato superato in tempi moderni è sempre più vivo. Gli atteggiamenti culturali, il maschilismo e la misoginia imperante per quanto sotterranei sono moventi che bisogna a ogni costo portare alla luce, estirpare e non è uno scherzo come gli uomini vorrebbero farlo passare, bensì, veri nemici che si nascondono in ogni cultura, che devono essere sradicati fino in fondo per avere qualche speranza di cambiamento.

No, non facciamo finta che questi problemi non esistano. Se pensiamo questo nulla si potrà mai risolvere e il problema, la tragedia in realtà, non solo esiste, ma è 'urgente' risolverla.

Come mai tanti giovani più diventano adulti più sviluppano l'idea che i loro gesti, le loro parole umilianti siano normali, giuste, che la donna sia un oggetto di loro appartenenza, che possano comandarle, picchiarle, ucciderle, sempre per amore, naturalmente. Possesso che non è amore, bensì, egotismo e che spesso sfocia in atti criminosi quando si è respinti fino al peggiore che è quello di privare della vita la persona che si dice di amare follemente. Amore malato. Una cosa folle appunto, malata, non razionale, che non può che portare agli atti sconsiderati che vediamo tutti i giorni.

Perciò il primo luogo dove iniziare a lavorare per il rispetto e i diritti della donna è in fondo a sé stessi e in seno alla famiglia dove maschi e femmine dovrebbero avere gli stessi trattamenti e un'educazione giusta ed esemplare. Basterebbe che i padri insegnassero ai figli con onestà per cambiare non qualcosa, ma tutto, quando succederà se sembra che i genitori non abbiano più tempo per i loro figli e tantomeno e per educarli verso un corretto rispetto per gli altri a prescindere dal genere? E la lezione dall'interno famiglia deve proseguire coordinata all'esterno, nelle scuole e nella collettività con esempi chiari e forti. Basta chiacchiere ma esempi eclatanti.

La disparità di giudizio verso le donne, il ritenerle inferiori all'uomo nella società ancor oggi porta anche a ben altro.

Se scattassimo una grande foto immaginaria della popolazione attuale di tutto il mondo vedremmo in essa dei grossi buchi, delle privazioni, degli spazi... e sono i posti non occupati da Donne. È terrificante se pensiamo che dagli otto miliardi della popolazione mondiale mancano all'appello 142 milioni di donne. Assenza provocata da infanticidi, aborti selettive, il non accudimento alle neonate e altro. 142 milioni di visi, di sorrisi e vite mancanti nel teatro mondiale. Donne non nate e non cresciute che non hanno avuto la "fortuna" di una vita come gli uomini, perché "solo femmine" perciò sacrificabili. Nessun privilegio di vivere per loro e annientate come inutili, privilegio riservato però ai maschi. È orribile pensare quanto l'umanità ha perso con la loro non vita, con la loro mancanza, la loro assenza, il loro annientamento. Quante meraviglie sono andate perdute con loro che il mondo non conoscerà mai? E chi ha deciso tutto ciò? Inutile dirlo, e non è più solo una pratica dei paesi dell'est bensì inizia a diffondersi anche in occidente e lentamente le percentuali che vedevano le donne in numero maggiore rispetto a quello dei maschi (per un motivo biologico semplice e pratico) ora c'è stata un'inversione di tendenza e i numeri si sono invertiti non per un fatto naturale bensì voluto e tutto ciò potrebbe portare addirittura verso l'estinzione della razza umana e dico 'umana' con un certo sforzo. Anche la situazione pandemica attuale ha dato un incremento in questo senso. La paura del contagio, la difficile situazione economica, la paura di far nascere un figlio in un periodo incerto influenzano negativamente le nascite. Si sceglie chi far venire al mondo e a lungo andare ci sarà una forte disuguaglianza di genere con conseguenze catastrofiche a livello mondiale. E ancora come milioni di anni fa: davanti alla   decisione su chi dovrà perire si sceglie la donna senza soffermarsi a pensare che ora come allora a far nascere gli uomini è la Donna o è diventata talmente inutile ai loro occhi che al suo posto si useranno solo delle fredde macchine? L'uomo lo meriterebbe per il suo egoismo.

Appare all'evidenza
che la donna è posta
a far parte della struttura
vivente e operante
del cristianesimo
e della società in
modo così rilevante
che non ne sono forse
ancora state enucleate
tutte le virtualità.
(Paolo VI)

Varare leggi, parlare di giustizia, certo, sono tutte cose molto giuste che aiutano, tuttavia, poco valide se ognuno di noi non lotta in prima persona per promuovere l'educazione e il senso della giustizia in ogni campo, non solo in maniera teorica, bensì lavorando e agendo in prima persona praticamente con convinzione altrimenti non ci sarà mai un cambiamento deciso e significativo. Finché non sarà così noi donne potremmo solamente continuare a raccogliere i cocci delle nostre vite distrutte e i femminicidi e i reati contro la donna saranno la nuova vera piaga dell'era moderna e del futuro.

Le statistiche dicono che, in Italia, purtroppo ne avviene uno ogni tre-quattro giorni e nonostante l'impegno, lo scendere in campo sempre più intenso di persone di ogni ceto sociale, del sistema giudiziario e della politica il numero non accenna a diminuire, anzi è in netto aumento. Lo stato non sembra in grado di fermare quella che sembra un'escalation di violenza. Sono vittime della violenza dei mariti, dei padri, partner, familiari e anche amici. Le donne in definitiva rischiano continuamente la vita sia fuori sia in casa e questa è una spirale che non accenna a variare. Come arginarla se l'insofferenza degli uomini, che sembra non accettare un rifiuto, che una relazione finisca, sembra farsi di giorno in giorno più acuta?

Inoltre, risulta che le forze dell'ordine, il sistema giudiziario tutto, non siano abbastanza preparati per affrontare la grande quantità di donne che denunciano maltrattamenti e i casi di violenza domestica e di genere che sono diventati pure una piaga nazionale. Gli atteggiamenti di leggerezza quando vengono sporte le denunce o forse l'impossibilità di capire come affrontarle da parte delle forze dell'ordine in modo incisivo e diretto portano alla sfiducia le donne che non vedendo cambiamenti nella loro vita, alfine, evitano di denunciare i loro aguzzini. Probabilmente non si sentono del tutto tutelate se intuiscono che chi dovrebbe venire loro in aiuto non è in grado di farlo o, meglio ancora, non è in grado di capire appieno quanto sia pericolosa la situazione che la donna che denuncia sta vivendo e che magari si vede rimandata a casa con poche parole di comprensione non seguite, o poco, da dati di fatto e lasciate in balia degli eventi, sole, ad affrontare il prossimo maltrattamento.

Purtroppo, talvolta c'è anche l'idea errata che alcune donne hanno della violenza, non sempre considerandola un reato né una minaccia alla loro vita finché non è troppo tardi andando così ad aumentare quel numero di donne sopraffatte 'dall'amore dei loro uomini'. Quale legge da sola riuscirà a fermare la sofferenza delle donne e la mano dei compagni violenti? Finché le istanze femministe continueranno a essere ridicolizzate da gran parte della società, finché saranno accettati o solo sopportati comportamenti misogini e maschilisti, finché nelle scuole e nelle famiglie non si farà una sana educazione, una vera educazione al rispetto per la donna, questa catena ininterrotta di donne private della vita, in quanto donne, non si fermerà e in Italia ragazze come Chiara continueranno a trovare la morte per mano dei loro ex che le amano da morire, anzi da ucciderle.

"L'importante non è stabilire se uno
ha paura o meno,
è saper convivere con la propria
paura e non farsi condizionare
dalla stessa. Ecco, il coraggio
è questo, altrimenti non
è più coraggio, ma incoscienza."

Printed in Great Britain
by Amazon

81368678R00150